这是一些语言和文字的结晶
在时光的沉淀和洗礼中
变得更加璀璨夺目
阅读吧
让它们闪耀在你的精神世界

新课标经典名著

柳林风声

（英）肯尼思·格雷厄姆 原著

林清 改写

南京大学出版社

目录
CONTENTS

001　第一章　河岸生活
016　第二章　遇上汽车
031　第三章　原始森林
043　第四章　獾先生
055　第五章　重返家园
074　第六章　癞蛤蟆先生
089　第七章　柳林风声
102　第八章　逃离铁窗
118　第九章　向往南方
138　第十章　九死一生
158　第十一章　别墅遭劫
178　第十二章　收复失地
192　尾　声

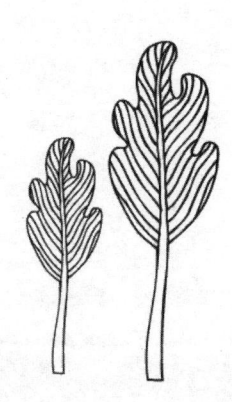

第一章　河岸生活

　　整个上午，鼹鼠都在他的小屋里大扫除。先用扫帚扫，再用掸子掸；然后爬上梯子、椅子什么的，拿着刷子，提着灰浆桶，粉刷墙；一直干到灰尘呛了喉咙、迷了眼睛，全身的黑毛溅满了白灰浆，腰也酸了，膀子也痛了。春天的气息在他的四周飘荡着，一种说不出的奇妙或是渴望的感觉钻进了他那阴暗低矮的小屋。鼹鼠忽然把刷子一扔，嚷道："讨厌！"——"去他的！"——"该死的大扫除！"，连大衣也没顾上穿，就冲出了家门，好像上面有什么东西在急切地呼唤他。他朝陡峭的地道奔去，这地道，直通地面上的碎石子车道，而这车道是属于那些住在通风向阳屋子里的动物们的。鼹鼠用他的小爪子不停地扒呀挖呀，嘴里还一个劲儿地咕噜着："我要上去！我要上去！"直到"噗"的一声，他的鼻尖钻出了地面，伸到了阳光里，身子在暖洋洋的草垫上打起滚来。

"太棒了！"他自言自语地说，"这可比刷墙有意思多了！"太阳晒热了他的毛皮，微风轻抚着他的额头。在洞穴里住得太久了，听觉迟钝了，连小鸟儿欢快的歌声，听起来都像大吵大嚷似的。在不用大扫除的春天里，他乐得纵身一跳，横穿草坪，一口气跑到草坪尽头的矮树篱前。

"站住！"一只老兔子从树篱的缺口处喝道，"通过私人道路，得交六便士！"

可是鼹鼠根本不理睬，他顺着树篱一溜小跑，一边还戏弄那些从洞里急忙钻出头来、想看看外面在吵些什么的兔子。"蠢货！蠢货！"鼹鼠嘲笑他们说，而那些兔子还没想出一句解气的话来回敬他，他已跑得没影儿了。

于是，兔子们开始互相埋怨。

"瞧你多笨！为什么不回敬他……"

"那你为什么不说……"

"你该警告他……"

如此等等，都是老一套。当然啰，埋怨也没用，因为已经太晚啦。

一切都那么美好，好得简直不像是真的。鼹鼠穿过一块块草坪，走过一道道矮树篱，钻过一个个灌木丛，看到鸟儿在筑巢，花儿在含苞，树叶在发芽——万物都在快乐地忙碌着。

鼹鼠没有感到良心所代表的一个声音在耳边嘀咕:"回去刷墙吧!"他只觉得在这些忙人当中做唯一的懒汉真快活。一个假日最舒心的时刻也许不是躺下休息,而是看到其他人都在忙着干活。

他漫无目的地闲逛着,忽然来到一条河边,他觉得真是快乐极了。他这辈子还从来没有见过河——这又光又滑、蜿蜿蜒蜒、鼓鼓涨涨的河。一切都在摇动和颤抖——闪闪烁烁,粼粼发光,潺潺细语。这景象,简直把鼹鼠看呆了。他沿着河边,奔来跑去,直到累了才在岸边坐下。而那河依旧在不停地对他潺潺细语,似乎在讲述着世界上最好听的故事,它们来自大地的心底,最后要去讲给永远也听不够的大海听。

当他坐在草地上,朝着河那边张望时,忽然看到对岸有个黑黑的洞口,就在水边上面一点。他想,一只动物如果要求不高,只想有一处小巧的河边住宅,涨潮时淹不着,又能远离喧闹声,这个洞倒是挺舒适的。正想着,那洞穴的中央似乎有个发亮的小东西一闪,不见了,接着又是一闪,像颗小星星。不过,出现在那样一个地方,不会是星星。说它是萤火虫吧,又显得太亮,也太小了。望着望着,那个发亮的东西竟对他眨了一下,接着,一张小脸开始在它周围渐渐扩大,就像一个镜框围着一幅画。

这是一张棕色的、神情严肃的小圆脸,上面长着小胡子。两只好看的耳朵和一头浓密光滑的毛发。

是河鼠！

两只动物面对面站着，谨慎地互相打量着。

"嗨，鼹鼠！"河鼠招呼道。

"嗨，河鼠！"鼹鼠回应着。

"你想到这边来吗？"河鼠问。

"噢，好呀！"鼹鼠说，河边生活和河边的生活方式对他来说太新鲜了。

河鼠二话没说，弯腰解开一条绳子，一拉，然后轻轻地跨进鼹鼠原先没有注意到的一只小船。那小船外面漆成蓝色，里面漆成白色，大小正好够坐两只小动物。鼹鼠的心，一下子飞到了小船上，虽然他还不大明白它的用处。

河鼠利索地把小船划过来，停稳了。他伸出一只前爪，搀着鼹鼠小心翼翼地走下来。"扶好了！"河鼠说，"现在，轻轻地跨进来！"于是鼹鼠又惊又喜地发现，自己真的坐进了一只真船的船尾。

"今天是个呱呱叫的好日子！"当河鼠把船撑离岸边，划起双桨的时候，鼹鼠说，"你知道吗，我还从没坐过船呢！"

"什么？"河鼠张大嘴巴叫起来，"从没坐过……你是说你从没……哎呀呀……那你都在干什么来着？"

"坐船就那么好吗？"鼹鼠有点不好意思地问。其实，在他向后靠在他的座位上，仔细打量着坐垫、船桨、桨架和船上所有迷人的设备，并感到小船在身下轻轻地摇来晃去时，

他早就相信这一点了。

"岂止是好?这是世上独一无二的美事,"河鼠一边划桨,一边严肃地说,"请相信我,我年轻的朋友,世界上再也没有——绝对没有——比划船更有意思的事啦。"他喃喃地说,"坐在船上,划呀,划……"

"当心前面,河鼠!"鼹鼠猛然大叫起来。

可是太迟了,小船一头撞到了岸边。那个快活的划船者一下子倒栽葱跌倒在船底,四脚朝天。

"坐在船上,划呀,划……"河鼠快活地一骨碌爬起来,若无其事地说,"待在船里,或者待在船外,这都没有关系,妙就妙在这里。不管你上哪儿,或者不上哪儿;不管你到达目的地,还是到达另一个地方,还是不到什么地方,你总在忙着,可又没专门干什么特别的事;这件事干完,又有别的事在等着你,你乐意的话,可以去干,也可以不干。好啦,要是今天上午你真没什么事要做,那我们就一起顺流而下,坐一整天的船好吗?"

鼹鼠乐得直晃脚丫子,舒心地长吁一口气,惬意地靠在松软的靠垫上。"今天我可要痛痛快快地玩他一天!"他说,"我们这就动身吧!"

"等等!"河鼠说。他把缆绳穿过码头上的一个环,系住,然后爬进码头上面自家的洞里。没多久,他摇摇晃晃地捧着一只胖大的藤条午餐篮子出来了。

"把它推到你脚下。"河鼠把篮子递上船,对鼹鼠说。然后他解开缆绳,拿起双桨。

"这里面是什么?"鼹鼠好奇地扭动着身子问。

"有冷鸡肉冷舌头冷火腿冷牛肉腌小黄瓜沙拉法国面包卷水芹三明治罐头肉沙拉汽水柠檬汁苏打水……"河鼠一口气回答。

"哎哟,别说了,别说了,"鼹鼠高兴得发疯,大叫着说,"太多了!"

"你当真认为太多了?"河鼠一本正经地问,"这只是我平时出游常带的东西。别的动物还一直说我是个小气鬼,太抠门!"

可河鼠的话,鼹鼠半点也没听进去。他正沉浸在这种新生活里,陶醉在波光、涟漪、芳香、水声、阳光之中。他把一只脚爪伸进水里,做着长长的白日梦。河鼠真是个好伙伴,只管划着桨,不去打扰他。

"我特喜欢你这身衣裳,老伙计,"大约过了半个钟头,河鼠才开口说话,"等有一天,我也要给自己弄一套黑天鹅绒吸烟服穿穿。在这条河上……"

"对不起,你在说什么?"鼹鼠好不容易才清醒过来,"你一定以为我这人很不懂礼貌吧,可这一切对我来说实在是太新鲜了。原来,这——就是一条——河!"

"是这条河。"河鼠纠正说。

"那，你当真是住在这条河边啰？多美呀！"

"住在河边，同河在一起，在河上，也在河里。"河鼠说，"在我看来，这条河就是我的兄弟姐妹，我的姑姑婶婶，我的伙伴，它供我吃喝，也供我洗涮。它就是我的整个世界，我再也不需要别的什么了。凡是河里没有的，都不值得有；凡是河所不知道的，都不值得知道。老天爷！我们在一起度过的日子是多么美妙啊！不管春夏秋冬，它总有乐趣，总叫人兴奋。二月里涨潮的时候，我的地窖里灌满了水，棕黄的浊水从我最讲究的卧室窗前流过。不过等到落潮后，一块块泥地露了出来，散发着葡萄干蛋糕的气味，河道里淤满了水草。我又可以在河床上溜达，找新鲜食物吃，收获那些粗心的人从船上落下的东西。"

"不过，是不是有时也会感到有点无聊？"鼹鼠壮着胆子问，"只有你和这条河，没人和你说话？"

"没人？这也难怪。"河鼠宽宏大量地说，"你初来乍到的，自然不明白。现在河上的居民太多了，许多人只好离开了。以前，水獭、鱼狗、䴙䴘、红松鸡，成天围着你转，求你干这干那，忙死了！"

"那边是什么？"鼹鼠挥动着爪子，指着河那边、草地后面黑幽幽的森林。

"那个吗？噢，是原始森林。我们河上居民很少去那里。"

"他们不是……我是说，住在那里的不是好人吧？"鼹

鼠有点紧张地问。

"这个嘛,"河鼠回答说,"让我想想。松鼠嘛,不坏。兔子嘛,有好有坏。当然,还有獾。他就住在林子深处,别处他哪也不愿住,哪怕你花钱请他也不干。亲爱的老獾!没有人打扰他。你最好也别去打扰他。"河鼠意味深长地加上一句。

"怎么,会有人打扰他吗?"鼹鼠问。

"这个嘛,当然……那里……还有别的,"河鼠吞吞吐吐地解释说,"有黄鼠狼……鼬鼠……狐狸,什么的。他们也并不全坏,我和他们处得还不错,遇上时,一块儿玩玩什么的。可他们有时会突然翻脸……反正,你不能真正信任他们,这倒是事实。"

鼹鼠知道,老是谈论将来可能发生的麻烦事,哪怕只是暗示一下,都不符合动物界的规矩,所以他改变了话题。

"那么,在原始森林的那一边又是什么呢?"他问,"就是那个蓝蓝的、模模糊糊的地方,也许是山,也许不是山,有点像城市里的炊烟,或者只是飘动的浮云?"

"原始森林的那一边是广阔的大世界,"河鼠说,"那地方,跟你我都没关系。我从没去过那里,也永远不会去,你也不要去。请别再提它了。好啦,我们的静水湾到了,该在这儿吃午餐了。"

他们离开主河道,驶进一处乍看像陆地环抱的小湖。两边是绿茸茸的草坡，幽静的水面下闪现着蛇一般弯弯曲曲的棕色树根。在他们的前面，是一座银色拦河坝，坝下泡沫翻滚。相连的是一个转动不停的水车轮子，轮子上方，是一间有灰色山墙的磨坊。水车不停地转动，发出单调沉闷的隆隆声，可是里面又不时传出很轻很快活的说话声。这情景实在太美了，鼹鼠不由得举起两只前爪，激动得上气不接下气地叫道："噢！噢！噢！"

河鼠把船划到岸边，靠稳了，把仍旧笨手笨脚的鼹鼠平安地扶上岸，然后拿出午餐篮子，将它甩到岸上。

鼹鼠请求河鼠由他来打开饭篮。河鼠很乐意满足他这位朋友的请求，自己便伸开四肢舒舒服服地在草地上休息，听由他兴奋的朋友抖开餐布，铺在地上，把所有神秘的一包包东西拿出来，井井有条地摆好。鼹鼠每发现一样新东西，就"噢！噢！"地惊叫着。等到食物全摆好了，河鼠说："吃吧，老伙计！"鼹鼠实在太乐意遵命了，因为他今天一大清早就动手进行他的大扫除，根本没有停下来吃过东西喝过茶。后来又经历了这许多事，仿佛过了好些天。

"你在看什么？"河鼠问。这时，他俩的辘辘饥肠缓解了许多，鼹鼠的目光可以稍稍移开餐布，投向别处了。

"我在看水面上移动着的一串串水泡，"鼹鼠说，"觉得它怪好玩的。"

"水泡？啊哈！"河鼠高兴地吱吱叫，像在对谁发出邀请。

水里冒出一个宽扁发亮的大嘴,一只水獭钻出了水面,抖掉他毛皮大衣上的水。

"贪吃的家伙!"他说着朝那些吃的走过来,"为什么不请我呀,河鼠?"

"这是临时想到的,"河鼠解释说,"来,介绍一下,这位是我的朋友鼹鼠先生。"

"很荣幸,"水獭说,两只动物立刻成了朋友。

"到处都闹哄哄的!"水獭接着说,"今儿个好像全世界都到河上来了。我到这静水湾,原想图个清静,不料又撞上你们二位!至少是……啊,对不起……你们知道,我不是那个意思。"

这时,他们背后响起了一阵沙沙声,是从树篱那边传来的。一个带条纹的脑袋从树篱后面探出来,脑袋下耸着一副高高的肩膀。

"来吧,老獾!"河鼠叫道。

老獾向前小跑了两步,然后咕噜了两声,"哼!一堆人!"随即掉头跑开了。

"他就是这么个家伙!"失望的河鼠说,"他讨厌交际!今天我们别想再见到他了。好,告诉我们,到河上来的还有谁?"

"癞蛤蟆来了,算一个,"水獭回答说,"驾着他那艘崭新的赛艇,一身新衣,什么都是新的!"两只动物相视大笑。

"有一阵子,他一门心思玩帆船,"河鼠说,"后来玩腻了,就玩起撑平底船来。去年呢,又迷上了大游艇,还要我们都装作喜欢陪他住在大游艇上。他说他要一辈子都住在大游艇上。可他不管做什么事,都只有三分钟热度。"

"人倒真是个好人,"水獭若有所思地说,"可就是没常性,特别是对船!"

从他们坐的地方,隔着一座小岛,可以望见那边的主河道。就在这时,一只赛艇突然进入了他们的视线。划船的是个矮胖家伙,把水溅得到处都是,身子在船里滚来滚去,却还在拼了命地划。河鼠站起来对他叫,可是癞蛤蟆——就是那个划船的——却摇摇头,只顾划他的赛艇。

"要是他老这么滚来滚去,转眼就要滚出船外去了。"河鼠重新坐了下来,说。

"那是当然,"水獭咯咯笑着说,"我给你讲过那个有趣的故事吗,就是癞蛤蟆和那个船闸管理员的故事?癞蛤蟆他……"

一只随波漂流的蜉蝣笨拙地转过身来横穿急流,忽见水面卷起一个漩涡,"咕噜"一声,蜉蝣就没影儿了。

水獭的话音还在耳边,可人却不见了。只剩下河面上一连串的水泡。

河鼠哼起了一支小曲儿。鼹鼠马上想起动物界的规矩,要是你的朋友突然离去,不管有理由还是没理由,你都不该

随便议论。

"好了,好了,"河鼠说,"我想我们该走啦。我不知道,我们两个谁该收拾这些东西?"听他说话的口气,仿佛他并不特别乐意享受这个待遇。

"噢,请让我来吧,"鼹鼠说。当然,河鼠就让他去干了。

收拾东西这种活儿,不像打开篮子那样叫人高兴,向来如此。不过鼹鼠天生就对所有的事感兴趣。他刚把篮子装好系紧,就看见还有一只盘子躺在地上冲他瞪眼。等他重新把盘子装好,河鼠又指着一只谁都应该看见的叉子,直到最后,瞧吧!还有那只他坐在屁股底下竟毫无感觉的芥末瓶。尽管一波三折,这项工作总算是完成了,鼹鼠倒也没怎么特不耐烦。

下午的太阳渐渐西沉,河鼠一路轻轻地划船回家,一面自顾自地低吟着什么诗句,没怎么理会鼹鼠。鼹鼠呢,肚里装满了午餐,外加船也坐惯了(至少他自己是这么想的),就有点闲不住:"我说,鼠兄,我现在想划划船!"

河鼠微微一笑,摇摇头说:"现在还不行,我年轻的朋友,等你学好了再划吧。划船可不像看起来那么容易。"

有一两分钟,鼹鼠没吭声,可是他越来越眼红起河鼠来。见河鼠一路划着,动作那么有力,又那么轻松,鼹鼠的心中有一个声音开始在他耳边嘀咕,说他也能划得和河鼠一样好。他猛地跳起来,从河鼠手中夺过双桨。河鼠没提防鼹鼠会有这一招,竟然跌了个四脚朝天。得胜的鼹鼠立马抢占了他的

位子，信心十足地握住了双桨。

"住手！你这个蠢驴！"河鼠躺在船底叫道，"你不会划！会把船弄翻的！"

鼹鼠把双桨往后一甩，用力往水里一划。可是他的桨根本就没有碰到水面，只见他两脚高高翘起，整个儿跌倒在河鼠的身上。鼹鼠吓得惊慌失措，忙去抓船舷，刹那间——"扑通！"

船翻了，鼹鼠在河里扑腾着、挣扎着。

哎哟，水多凉啊，浑身都湿透啦！他一直往下沉，沉，沉，水在他耳朵里嗡嗡直响！一会儿，他冒出水面来，又咳又呛，哇哇乱叫。太阳显得多可爱呀！一会儿，他又沉了下去……突然，一只强有力的爪子抓住了他的后颈。是河鼠！他分明是在哈哈大笑——鼹鼠能感觉到他在哈哈大笑。他的笑，从胳臂传下来，经过爪子，一直传到鼹鼠的脖子上。

河鼠抓过一只桨，塞在鼹鼠的胳肢窝下，又把另一只桨塞在他另一边的胳肢窝下。然后，他在后面游，将那个可怜巴巴的家伙，拉了上去，放在岸上。

河鼠给他按摩了一阵，把他的湿衣服拧干，然后对他说："好了，老伙计！在路上使劲地快步来回跑，直到身上暖过来，衣裳干了为止。我潜到水里去把篮子捞上来。"

惊魂未定的鼹鼠，身上湿淋淋的，内心很惭愧，他一个劲儿地在河边来回跑，直跑到身上干得差不多了。而河鼠又一次跳进水里，抓回小船，把它翻正，系牢；再把他漂在水上的东西一点一点地捞回来推到岸上，最后潜到水里捞出了午餐篮子，奋力将它带到岸上。

等一切都安排停当，又要起航时，鼹鼠一瘸一拐、垂头丧气地坐到船尾他的老位子上。开船时，他情绪激动，结结巴巴地低声说："好……好河鼠，我宽宏大量的朋友！我太……太不知好歹了！实在是对不起。一想到我险些把那漂亮的午餐篮子弄丢了，就特别难过……我真是一只十足的笨驴。你能不能原谅我这一次，对我还跟过去一样？"

"没关系，老天保佑你！"河鼠轻松地答道，"一只河鼠嘛，弄湿点儿算什么？多数日子，我待在水里的时间比待在岸上还长哩。你就别再多想了。你来跟我住些日子，怎么样？虽然我的家很简陋，根本没法和癞蛤蟆的家相比。可你还没来我家看过哩。你来了，我保证会让你过得舒舒服服的。而且，我要教你划船、游泳，你很快就能像我们一样，在水里自由自在了。"

这番话感动得鼹鼠说不出话来，他不得不用爪子背抹去一两滴眼泪。善解人意的河鼠故意把脸转向别处，不去看他。很快鼹鼠的情绪缓过来了，当两只红松鸡在嘲笑他那副狼狈相时，他竟能和他们顶起嘴来。

回到家，河鼠在客厅里生起了熊熊炉火，给鼹鼠拿来一件晨衣，一双拖鞋，把他安顿在炉前的一张扶手椅上，然后

给他讲河上种种有趣的故事，一直讲到吃晚餐的时候。

对于鼹鼠这只住在地下的动物来说，这些故事真够惊心动魄的。河鼠讲到拦河坝；讲到突发的山洪；讲到跃出水面的狗鱼；讲到乱扔瓶子的轮船；讲到苍鹭，他们说话盛气凌人的样子；讲到在排水管下游的冒险，跟水獭夜里一起去捉鱼，或者跟獾一起到远处的田野上旅行。晚餐吃得快活极了，可是饭后不多会儿鼹鼠就困得不行了，于是殷勤周到的主人只好把他送到楼上最好的一间卧室里。鼹鼠一头倒在枕头上，感到从未有过的心满意足。他知道，他那位新认识的朋友——大河——正轻轻拍打着他的窗玻璃。

对于新从地下居室解放出来的鼹鼠，这一天，只是接下来许多相似日子中的第一天，随着盛夏的来临，白天一天比一天长，也更充满了乐趣。他学会了游泳、划船，尝到了与流水嬉戏的甜头。他把耳朵贴近芦苇秆时，有时会偷听到风在芦苇丛里的窃窃私语。

第二章　遇上汽车

一个晴朗的夏天早晨，鼹鼠忽然对河鼠说："对不起，我想求你帮个忙。"

河鼠正坐在岸边唱着小曲儿。这曲子是他刚编的，所以唱得很带劲，根本不会留意鼹鼠或别的事儿。一大早，他就和他那些鸭子朋友在河里游泳来着。一见鸭子猛地头朝下脚朝上做拿大顶运动，河鼠就潜到水下，在鸭子的下巴（要是鸭子有下巴的话）底下的脖子上挠痒痒，弄得鸭子只好赶紧钻出水面，扑打着羽毛，气急败坏地冲他"嘎嘎"地叫，让他走开。河鼠这才走开了，坐在岸边晒太阳，编了一首有关鸭子的小曲儿。

鸭子小曲
沿着静水湾,
穿过灯芯草,
鸭群在戏水,
尾巴高高翘。

鸭尾巴,鸭尾巴,
黄色鸭脚在乱划,
黄色鸭嘴看不见,
忙着在水下!

泥水里,树丛中,
鱼儿尽情游,
我们贮食物,
凉爽又丰盛。

想干啥就干啥!
我们就喜欢,
头朝下,尾朝上,
玩水玩个畅!

蓝蓝天空高,

雨燕飞又叫，
　我们爱戏水，
　　尾巴齐上翘！

　　"这首歌到底有多好，我说不上来，"鼹鼠喜欢实话实说。
　　"鸭子也不懂。"河鼠回答说，"他们说：'为什么不让人在他们高兴的时候做他们高兴做的事？为什么有人要坐在岸边对他们横挑鼻子竖挑眼？真是蠢透了！'"
　　"说得对，有道理。"鼹鼠打心眼儿里赞同。
　　"说得不对！"河鼠生气地喊道。
　　"好了好了，不对就不对吧。"鼹鼠安慰他说，"我想问问你，你能不能带我去拜访一下癞蛤蟆先生？有关他的事，我听得太多了，特想和他认识认识。"
　　"当然可以！"好脾气的河鼠说着跳起来，把小曲什么的全都抛到脑后。"把船拉出来，我们这就去他家。你想拜访癞蛤蟆，什么时候都可以。你去看他，他总是高兴看到你，你要走了，他总是舍不得让你走！"
　　"他准是个非常和善的动物。"鼹鼠一面说着，一面跨上了船，拿起了船桨。河鼠呢，则舒舒服服地坐到了船尾。
　　"他的确是个再好不过的动物。"河鼠说，"特单纯，特温和，特重感情。他也许不是太聪明——不可能人人都是天才嘛。他可能爱吹牛，有些自高自大。可他的优点确实不少。"

绕过一道河湾，迎面就见一幢漂亮宏伟的红砖房子，房前是修理得整整齐齐的草坪，一直延伸到河边。

"那就是癞蛤蟆庄园。"河鼠说，"左边有一条小河汊，牌子上写着：'私人河道，不许停靠'。这河汊直通他的船坞，我们就在那儿停船上岸。右边是马厩。你现在看到的是宴会厅——年代很久了。你知道，癞蛤蟆很是富有，这幢房子确实是这一带最讲究的房子之一，不过，我们当着癞蛤蟆的面从来不这么说。"

小船徐徐驶进河汊，来到一所大船坞的屋顶下。鼹鼠收起了他的船桨。这里，他们看到许多漂亮的小船，有的挂在横梁上，有的吊在船台上，可是没有一只是在水上的。这地方有一种被荒废的感觉。

河鼠环顾四周。"我明白了。"他说。"看来他玩船已经玩腻了。真不知道他现在又迷上了什么新玩意儿？来吧，我们去看看他。马上我们就会知道了。"

他们上了岸，穿过鲜花装点的草坪，很快就看到癞蛤蟆正坐在一张藤椅上，脸上一副全神贯注的神情，正盯着膝盖上的一幅大地图看。

"啊哈！"一看到他俩，癞蛤蟆就跳了起来，"这真是太好了！"不等河鼠介绍，癞蛤蟆就热情地跟他俩握手。"你们来看我，真是太好了！"他围着他俩又蹦又跳。"河鼠，我正要派船去接你，吩咐他们不管你在干什么，一定要立刻把你接来。我太需要你们了——你们两位。现在你们要来点什么？快进屋吃点东西！你们来得正是时候！"

"让我们先安静地坐一会儿吧！"河鼠说。

"这可是这一带最好的房子。"癞蛤蟆哇啦哇啦地叫道。"也可以说是天下最好的房子。"他忍不住又加上一句。

河鼠用胳膊肘捅了捅鼹鼠，不巧，正好被癞蛤蟆看见了。他顿时满脸通红，接着是一阵难堪的沉寂。然后，癞蛤蟆又哈哈大笑起来："你们两位来得正好，你们得帮我这个忙，这件事再重要不过了！"

"我猜，是有关划船的事吧。"河鼠装糊涂地说，"你进步很快嘛，就是还是溅了好些水花。不过只要再耐心些，多练习，你就可以……"

"呸！什么船！"癞蛤蟆打断他的话，显得十分厌恶的样子。"那是给孩子玩的无聊玩意儿。我老早就不玩了，纯粹是浪费时间。看到你们这些人把全部精力花在那种毫无意义的事情上，真叫我感到痛心。我已经找到了一种真正的事业，这辈子应该从事的一种正经行当。我打算把我的余生奉献给它。一想到过去那么多年把时间浪费在无聊的琐事上，我真是追悔莫及。跟我来，亲爱的河鼠，还有你的这位朋友也来。不远，就在马厩那儿！"

癞蛤蟆领着他们向马厩走去，河鼠一脸狐疑，跟在后面。只见从马车房里拉出一辆崭新锃亮的吉卜赛大篷车，车身漆成金丝雀般的鲜黄色，点缀着绿色纹饰，车轮则是大红的。

"你们瞧！"癞蛤蟆叉开双腿，腆着肚皮，神气得不得了，"这辆车代表的才是我们要过的真正的生活。一眼望不到头的大道，尘土飞扬的公路，荒原，树篱，起伏的丘陵！帐篷，村庄，乡镇，城市！今天在这里，明天在那里！到处旅行，变换环境，到处是乐趣，充满刺激！整个世界在你眼前展开！我告诉你们，这辆车是同类车子里最棒的，绝无例外。看看它的内部装潢，全是我自己设计的，是我！"

鼹鼠兴奋极了，急不可耐地跟着癞蛤蟆钻进了车篷。而河鼠只哼了一声，双手插在口袋里，站在原地不动。

车里确实布置得非常紧凑舒适。几张小小的睡铺，一张小桌靠壁折起，炉具，小食品柜，书架，一只鸟笼，笼里关着一只小鸟，还有大大小小、形形色色的瓦罐、煎锅、水壶和茶壶。

"一应俱全！"癞蛤蟆打开一个小柜，得意地说，"瞧，饼干、罐头龙虾、沙丁鱼——应有尽有。这儿是苏打水，那儿是烟草，信纸、火腿、果酱、纸牌、骨牌，"他们重新踩着踏板下车时，他继续说，"你会发现，我们今天下午动身时，什么也没漏掉。"

"对不起。"河鼠嘴里嚼着一根干草，慢条斯理地说，"我好像听见你刚才说什么'我们'、'动身'、'今天下午'？"

"好了，我亲爱的好河鼠。"癞蛤蟆央求说，"别用那种尖酸刻薄的腔调说话了好吗？你得去，没有你，叫我怎么对付得了？求你啦，这事就这么定了，千万别和我争辩！你总不能一辈子守着你那条乏味的臭烘烘的老河，成天待在河岸上的洞里，待在船上吧？我想让你见见世面！我要把你改造成一只像样的动物，伙计！"

"我才不稀罕哩！"河鼠固执地说，"我就是不跟你去。我就是要守着我的老河，要住在洞里，要待在船上，像往常一样。而且，鼹鼠也要跟我在一起，干同样的事，对吧，鼹鼠？"

"那是自然！"鼹鼠忠心耿耿地说，"我要永远跟你在一起，河鼠，你说什么就是什么。不过，这玩意看起来像是——嗯，像是怪有意思的！"他眼巴巴地加上一句。可怜的鼹鼠！探险生活，对他来说太新鲜，太刺激了。他第一眼看见那辆大篷车和里面的全套小装备，就爱上它了。

河鼠看出了鼹鼠的心思，他的决心也动摇了。他看不得别人失望，何况是他喜欢的鼹鼠，自己总想尽力让他高兴。癞蛤蟆在一旁紧盯着他俩。

"先进屋吃点午餐吧。"癞蛤蟆改变策略说，"我们慢慢商量，用不着匆忙做出决定嘛。其实我倒不在乎，我只不过是想让你俩高兴高兴罢了。'活着为别人！'这是我的座右铭。"

午餐，自然是呱呱叫的。癞蛤蟆信口开河地高谈阔论，他把河鼠撇在一边，专门逗弄缺乏经验的鼹鼠。他天生就是一只健谈的动物，又喜欢突发奇想，他把这趟旅行的景色、户外生活和途中的乐趣，描绘得天花乱坠，鼹鼠听着激动得坐都坐不住了。一来二去，三只动物似乎很快就达成了协议，把旅行的事确定了下来。河鼠虽然还心存疑虑，但他的好脾气终究压倒了个人的反对意见，他不忍心使两位朋友扫兴。他们已经在深入细致地制订计划，安排未来几周里每天的活动了。

等到他们完全准备好，大获全胜的癞蛤蟆领着伙伴们来到牧马场，要他们去捉那匹老灰马。由于事先没跟老马商量，就派它去干这次灰尘滚滚的旅行中最灰尘滚滚的活，它感到极其恼火，所以逮住它可要费大劲了。癞蛤蟆乘他们逮马时，又往食品柜塞了更多的必需品，再把饲料袋、几网兜洋葱头、几大捆干草，还有几筐东西，吊在车厢底下。老马终于给逮住、套上了车，出发了。三只动物各随所好，有的跟着车走，有的坐在车杠上，大伙儿同时七嘴八舌地说个不停。这是一个金色的下午。他们踢起的尘土，香喷喷的，闻着叫人高兴。公路两旁茂密的果园里，小鸟快活地向他们打招呼、吹口哨。友好的路人向他们问好，或者干脆停下来赞美他们那漂亮的大篷车。兔子坐在树篱下的家门口，举着前爪，连声赞叹："噢！天啊！噢！天啊！"

天色很晚的时候，他们已离家许多英里，虽然身体疲乏，心情却很愉快。在远离人烟的荒野上，他们卸下马具，由着

马去吃草，然后坐在车旁的草地上吃着简单的晚餐。癞蛤蟆又在大谈他未来几天打算干的事。这时，天上的星星越来越密，越来越大，一轮黄澄澄的月亮忽然冒出来跟他们做伴，听他们谈话。最后，他们钻进篷车，爬上各自的铺位。癞蛤蟆踢着被子把腿伸出来，睡眼惺忪地说："好了，朋友们，晚安！对于一个绅士来说，这才是真正的生活呢！讲讲你那条古老的河吧！"

"我才不讲我那条河呢。你知道我不会讲的，癞蛤蟆。不过我想着它。"河鼠充满感情地补充说，声音很轻，"我想着它……时刻在想着它。"

鼹鼠从毯子下面伸出爪子，在黑暗中摸到河鼠的爪子，捏了一下。"河鼠。"他悄悄说，"明儿一大早，我们就开溜好吗？回到我们亲爱的河上老洞去。"

"不，不，我们还是要坚持到底。"河鼠悄声说，"多谢你的好意，不过我得守着癞蛤蟆，直到这趟旅行结束。丢下他一个，我不放心。不会拖很久的。他的怪念头，从来也维持不长。晚安！"

的确，旅行结束得甚至比河鼠预料的还要早。

吸了那么多的野外空气，过了那么兴奋的一天，癞蛤蟆睡得很死，第二天早晨，怎么推也推他不醒。于是鼹鼠和河鼠不声不响地动手干起活来。河鼠喂马、生火、洗刷隔夜的杯盘、准备早餐。鼹鼠呢，他走了一段很长的路，到最近的村庄买了牛奶、鸡蛋和癞蛤蟆忘带的必需品。等到所有的苦差事全都干完,两只动物累得够呛,坐下来休息时,癞蛤蟆这才露面,他神采奕奕、心满意足地说:"不用干家务的日子多轻松多愉快呀!"

这一天,他们悠闲自在地驶过绿茵茵的草原,穿过窄窄的小径,当晚照旧在一块荒地上过夜。不过,两位客人这回硬要癞蛤蟆干他分内的活儿。结果,第二天早上要动身时,癞蛤蟆对这种简单的原始生活就不那么欢天喜地了,他想赖床却被他们硬拉了起来。和昨天一样,他们抄小道穿过田野,到了下午他们才来到公路,这是他们遇到的第一条公路。就在这儿,意想不到的祸事落到了他们头上。这桩祸事,对于他们的旅行来说,的确是够大的,而对癞蛤蟆来说,几乎葬送了他的后半生。

它们正悠闲地在公路上走着,鼹鼠和老马并肩而行,跟马谈心,因为那匹马抱怨说,它被冷落了,谁也不理睬它。癞蛤蟆和河鼠跟在车后谈着话——至少是癞蛤蟆在说,河鼠只是偶尔说一声:"对,可不是吗!你跟他说什么来着?"心里却琢磨着别的事。就在这时,从后面老远的地方传来一阵隐隐的轰鸣声,就像一只蜜蜂在远处嗡嗡响。回头一看,只见后面有一团滚滚灰尘,灰尘中心有个黑黑的东西在移动,并以难以置信的速度向他们冲来。灰尘里发出一种微弱的"噗噗"声。只一眨眼的工夫,那"噗噗"声像只大喇叭,在他

们耳边轰响。锃亮的厚玻璃板和华贵的摩洛哥皮垫,在他们眼前一晃而过。那是一辆汽车,一个庞然大物,看起来脾气暴躁、令人胆寒。司机正紧张地握着方向盘,顷刻间独霸了整个公路,扬起一团遮天蔽日的尘云,把他们团团裹住,什么也看不见了。接着尘云又在远处缩成一个小黑点,又变成了一只嗡嗡响的蜜蜂。

那匹老灰马,本来在一路沉重缓慢地走着,想着他那舒适的养马场,突然遇上这么个难以对付的局面,不由得狂躁起来。不管鼹鼠怎样使劲拉它的马头怎样劝它保持冷静,全都无济于事,硬是把车子往后推到了路旁的深沟边。那车晃了晃,接着便是一声令人心碎的巨响……这辆黄色大篷车,他们的骄傲和欢乐,侧身倒在深沟里,成了一堆无法修复的残骸。

河鼠站在路当中气得直跺脚。"这帮恶棍!"他挥着双拳大声吼叫,"这帮坏蛋,这帮强盗,你们……你们……你们这帮路匪!……我要告你们!我要把你们送上法庭!"他的思家病顿时消失了。

癞蛤蟆一屁股坐在满是尘土的公路当中,双腿直挺挺地伸着,死死地凝望着汽车开走的方向。他呼吸急促,脸上却流露出十分宁静而满意的表情,嘴里不时嘟囔着"噗噗!"

鼹鼠忙着安抚老灰马,过了好一会儿才使它安静下来。接着他去查看那可怜的大篷车,那模样真是惨不忍睹。门窗全都摔得粉碎，车轴弯得不可收拾，一只轮子脱落了，沙丁鱼罐头掉了一地，笼里的鸟惨兮兮地抽泣着，哭喊着求他们放它出来。

河鼠过来给鼹鼠帮忙，可他们一齐努力也没能把车扶起来。"喂！癞蛤蟆！"他们喊道，"下来帮把手！"

癞蛤蟆一声不吭，坐着不动。他俩只得过去，看看究竟出了什么事。只见，癞蛤蟆正迷迷糊糊地出神，脸上挂着幸福的笑容，两眼仍直勾勾地盯着眼前的灰尘，时不时嘟囔着"噗噗！"

"多么激动人心的宏伟场面啊！"癞蛤蟆嘟囔着说，根本不打算挪地儿。"诗一般的动力！这才叫真正的旅行！这才是旅行的唯一方式！今天在这儿……明天就到了别处！一座座村庄，一座座城镇，飞驰而过！多幸福啊！噗噗！噢，天啊！噢，天啊！"

"噢，别傻了，癞蛤蟆！"鼹鼠拼命地喊道。

"想想看，我对这玩意一无所知！"癞蛤蟆继续喃喃道，"我白活了那么多年，我竟一点也不知道，连做梦也没梦到过！可现在，我可知道了，我全明白了！从今以后，展现在我面前的，是多么绚烂多彩的道路啊！我要在公路上横冲直撞，飞速驰骋，在身后卷起漫天的尘土！我要威风凛凛地疾驰而过，把大批马车扔到沟里！讨厌的马车！平淡无奇的马车！黄色的马车！"

"我们拿他怎么办?"鼹鼠问河鼠。

"什么也不用干。"河鼠斩钉截铁地说。"事实上,也没什么可干的。我太了解他啦,他现在是走火入魔了。他又迷上了一个新玩意儿,一开始总是这副样子。他会一连许多天都这样疯疯傻傻的。别去管他!"

河鼠把缰绳拴在马背上,一手牵着马,一手提着鸟笼和笼里那只正在歇斯底里大叫的鸟。"走!"他坚决地对鼹鼠说,"到最近的小镇,也有五六英里,我们只能走着去了。越早动身越好。"

"可癞蛤蟆怎么办?"鼹鼠急着问,"我们总不能把他丢这里吧,那太不安全了。万一又开过来一辆汽车怎么办?"

"哼,去他的!"河鼠怒冲冲地说,"我跟他一刀两断了!"

可是,他们没走出多远,就听见后面吧嗒吧嗒的脚步声,原来是癞蛤蟆追上来了。他伸出爪子,一边一只地挽着他们的臂膊,仍旧呼吸急促,两眼发直,盯着空空的前方。

"你听着,癞蛤蟆!"河鼠狠狠地说:"我们一到镇上,你就直接上警察局,问问他们知不知道那辆汽车是谁的,告他们去!然后,你得去找一家铁匠铺,或者修车铺,要他们把马车给修理好,这需要花一点时间。同时,鼹鼠和我就去旅馆,找几间舒适的房间住下,等车修好,也等你精神恢复过来再走。"

"警察局！起诉！"癞蛤蟆喃喃道，"叫我去告那些天赐给我的美妙东西！修篷车！我和篷车永远永远拜拜啦！噢，河鼠，你愿意和我一起旅行，我真不知道该怎样感谢你才好！因为你要不来，我就不会来，也就永远看不到——那天鹅，那阳光，那晴天霹雳！我就永远听不到那种叫人心醉的声响，闻不到那股叫人着迷的气味了！这一切全多亏了你，我最好的朋友！"

河鼠无可奈何地掉转脸去。"瞧见了吗？"他隔着癞蛤蟆的头对鼹鼠说，"他简直不可救药。算了，等我们到了镇上，直接去火车站，运气好的话，也许能赶上最后一趟火车，今晚就可以回到河岸。从今往后，你再也不会看到我跟这个叫人生气的家伙出门玩了！"他愤愤地在鼻子里哼了一声，在接下来的长途跋涉中，他只跟鼹鼠一个人搭话。

一到镇上，他们直奔火车站，把癞蛤蟆安置在二等候车室，花两便士托一位搬运工好好看住他。然后，他们把马寄存在一家旅店的马厩里，对篷车和里面的东西也尽可能做了安排。最后一列慢车，终于把他们带到离癞蛤蟆庄园不远的一个车站。他们把迷离恍惚、如醉如痴的癞蛤蟆护送回家，吩咐管家给他饭吃，帮他脱衣，放他上床去睡。然后，他们划着自己的小船，回到河下游的家中，很晚才在他们自己河边那舒适的客厅里坐下来吃晚餐。这时，河鼠才觉得舒心、快活和心满意足。

第二天傍晚，他们很晚很晚才起床。悠闲地过了一整天的鼹鼠坐在河边钓鱼，河鼠从朋友家串门聊天回来，"新闻，新闻！"他说，"整个河岸都在谈论一件事。今天一早，癞蛤蟆就搭早班车进城去了。他订购了一辆又大又豪华的汽车。"

第三章　原始森林

鼹鼠早就想认识獾。听说獾是位非常了不起的人物,虽然难得露面,却总让周围所有的居民无形中受到他的影响。可是每当鼹鼠向河鼠提出这个愿望时,河鼠总是推三阻四,说:"没问题,獾总有一天会来的——他经常出来——到时我一定把你介绍给他,他可是好人中最好的人了!不过你不能去找他,而是要在偶然中遇到他。"

"能不能请他来这里……吃顿晚餐什么的?"鼹鼠问。

"他不会来的。"河鼠说,"獾最讨厌社交活动,比如请客吃饭一类的事。"

"那,要是我们去拜访他呢?"鼹鼠提议。

"噢,我敢断定他绝不会喜欢的。他这人很怕羞,这样做一定会惹恼他的。虽然我跟他那么熟,但连我也不敢上他家去拜访。再说，我们也去不了呀。这事根本办不到，因为他住在原始森林的深处。"

"可你不是说，原始森林没什么可怕的吗？"

"嗯，是，是没什么可怕的。"河鼠含糊其辞地说，"不过我想，我们现在还是不去的好。路远着呢，况且，这个季节他也不在家。你只要安心地等着，总有一天他会来的。"

鼹鼠只好耐心地等待，可是獾一直没来。夏天早已过去，外面天寒地冻，满地泥泞，他们大部分时间只好待在屋里。窗外湍急奔流而过的河水，也像在嘲笑、阻拦他们乘船出游。鼹鼠老是惦念那只孤独的灰獾，想到他在原始森林深处的洞穴里，独自一人生活，多寂寞啊。

冬令时节，河鼠很贪睡，早早就上床，迟迟才起来。在短短的白天，他有时胡乱编些诗歌，或者干点零星的家务事。当然，时不时总有些动物来串门聊天，他们谈了不少有关春夏的趣闻轶事，交换了不少看法。他们回顾着河岸变换的美景、大家慵懒惬意的生活……在冬天那些短暂的白日里，动物们围着火堆谈个没完。可是，鼹鼠还是有不少空闲时间，于是，有一天下午，当河鼠坐在扶手椅上对着炉火，时而打盹，时而编些不成韵的诗歌时，鼹鼠拿定主意要独自到原始森林去探险，说不定碰巧还能认识那位獾先生呢。

那是一个寒冷宁静的下午，鼹鼠悄悄溜出暖融融的客厅，来到了屋外。四周的旷野光秃秃的，没有一片树叶。他觉得从来没有像在这个冬天的日子里这样，看得那样远，那样透彻。大自然进入了她一年一度的酣睡，仿佛在睡梦中蹬掉了她披着的衣服。灌木丛、小山谷、乱石坑和各种隐蔽的地方，在草木葱茏的夏天，曾是可供他探险的神秘莫测的宝地，而如今却把它们自身和它们包藏的秘密裸露无遗，好像请他来看一下它们暂时的穷相，直到来年再一次戴上它们花里胡哨的假面具，狂歌乱舞，用古老的骗术来骗他，诱惑他。从某方面说，这是怪可怜的，可还是使他高兴，甚至使他兴奋。鼹鼠很喜欢大自然这种脱去华丽衣妆不加打扮的样子，他满心欢喜地向原始森林快步前进。

刚进森林时，并没什么东西让他害怕。枯枝在他脚下断裂，噼啪作响，树墩上的蘑菇像模仿什么东西的样子，乍看会吓他一跳，可又怪有趣的，让他兴奋不已。它们逗引他一步步往前走，进入了林中幽暗的深处。树木越来越密，两边的洞穴纷纷冲他张开难看的嘴巴。万籁俱寂，他的前后不断地暗下来，光线像流水一样枯竭下去。

他加快了脚步，鼓励自己千万别胡思乱想，要不然，幻象就会没完没了。他走过一个又一个洞口。是的……不是……是的！肯定是有一张尖尖的小脸，一对恶狠狠的眼睛，在一个洞里闪了一下，又不见了。他迟疑了一下，又壮着胆子，强打精神往前走。可是突然间，四面八方几百个洞里都钻出一张脸，忽而显现，忽而消失，所有的眼睛都凶狠、邪恶、

锐利,并且一齐用恶毒、敌对的眼光盯住他。

接着,开始出现了哨音。那哨音很微弱很尖细,正当他站着不动时,哨音突然在他两侧响起来,像是一声接一声传递过来,穿过整座树林,直到最远的边缘。不管那是些什么东西,它们显然都警觉起来,准备好迎敌。可他却孤单一人,赤手空拳,孤立无援。而黑夜,已经迫近了。

然后,他又听到了"啪嗒啪嗒"的声音。起初,他以为那只不过是落叶声,因为声音很轻很细。后来,声音渐渐响了,而且发出一种有规律的节奏。他明白了,这不是别的,只能是小脚爪踩在地上发出的啪嗒声,不过声音离得还远。到底是在前面还是在后面?他焦虑不安地听听这边,又听听那边,声音变得越来越响,越来越杂乱,从四面八方朝他逼拢。突然,一只兔子穿过树林朝他奔来。他还指望兔子放慢脚步,或者拐向别处。可是,兔子从他身边冲过,几乎擦到了他身上,他凶巴巴地瞪着眼睛,"走开,你这个笨蛋,走开!"兔子绕过一个树墩时,鼹鼠听到他这样"咕噜"了一声,然后便钻进一个洞穴,不见了。

脚步声越来越响,如同骤落的冰雹,打在他四周的枯枝败叶上。整座树林仿佛都在奔跑,拼命狂奔,追逐,四下里在包抄围捕什么东西,也许是什么人?他惊恐万状,撒腿就跑,漫无目的、不明方向地乱跑。最后他本能地躲到一株老山毛榉树下的一个深深的黑洞里,把自己隐藏起来——也许是安全的地方，可谁又说得准呢？反正，他实在是太累了，再也跑不动了。他只能蜷缩在被风刮到洞里的枯叶里，希望能暂时避避难。他躺在那里，大口喘气，浑身哆嗦，听着外面的哨声和脚步声，他终于明白了，原来，其他的田间和树丛里的小居民最害怕见到的那种可怕的东西，河鼠曾煞费苦心防止他遇上的那种可怕的东西，就是——原始森林的恐怖！

而在这个时候，河鼠正暖和、舒服地坐在炉边打着盹儿。他那张写了一半的诗稿从膝上滑落下来，他头向后仰，嘴张着，正梦见自己在碧草如茵的河边漫步。这时，一块煤滑下来，炉火噼噼啪啪，迸出一股火苗，一下子把他惊醒了。他想起他本来在干什么，忙从地上捡起诗稿，冥思苦想了一阵，然后回过头来找鼹鼠，想问问他是不是有更好的字眼可以押韵。

可是鼹鼠不在客厅里。

他连喊了几声"鼹鼠！"没人回答，他只得站起来，走到外面的门厅。

鼹鼠经常挂帽子的钩子上，帽子不见了。那双一向放在伞架旁的靴子，也不翼而飞。

河鼠走出屋子，仔细观察泥泞的地面，希望找到鼹鼠的足迹。足迹找到了，没错。靴子是新的，刚买来过冬，所以后跟上的疙瘩又新又尖。河鼠看到泥地上靴子的印痕，目的明确，显然是一直通向原始森林。

河鼠表情严肃，站着沉思了一两分钟。随后他转身进屋，将一根皮带系在腰间,往皮带上插了两把手枪,又从大厅的一角抄起一根粗棍,快步朝原始森林走去。

当他来到森林边沿时,天已经黑下来了。他毫不犹豫地钻进树林,焦急地东张西望,看有没有朋友的踪迹。到处都有不怀好意的小脸,从洞口探头探脑地向外张望,可是一看到这位威风凛凛的家伙,看到他的手枪,还有他手里抓着的凶神恶煞的大木棍,马上又缩回去不见了。他刚进林子时分明听到的哨声和脚步声也都渐渐消失了,一切又都归于宁静。他果断地一路穿过树林,一直走到尽头;然后,撇开所有的小路,横穿森林,仔细地搜索着,同时不停地大声呼叫:"鼹鼠,鼹鼠,鼹鼠!你在哪里?我来啦——我是老河鼠!"

他在树林里耐心地搜索了大约一个多小时,最后他总算听到一声细微的回答,不禁大喜。他顺着声音的方向,穿过越来越浓的黑暗,来到一株老山毛榉树的脚下。正是从这树洞里,传出了一个微弱的声音:"河鼠!真的是你吗?"

河鼠爬进树洞,找到了筋疲力尽、浑身发抖的鼹鼠。"哎呀,河鼠!"他喊道,"可把我吓坏了!"

"噢,我完全能想象出来,"河鼠抚慰他说,"你真不该这么出来,鼹鼠。我们这些住在河岸的居民从不敢单独上这儿来。要来的话,起码也得找个伴同行,才可能没事。当然喽,假如你是獾或者是水獭,那就另当别论了。

"那,勇敢的癞蛤蟆先生,他该不怕独自来这里吧?"

鼹鼠问。

"那只蟾老兄？"河鼠哈哈大笑，"他一个人才不会来这里呢，哪怕你给他整整一帽子的金币，他也不会来。"

听到河鼠那爽朗的笑声，看到他手中的木棍和亮闪闪的手枪，鼹鼠不再发抖，胆子也大了，情绪也恢复了。

"现在"河鼠说，"我们真的必须打起精神，趁天还有一丝丝亮，赶紧回家去。在这儿过夜是万万不行的。这儿太冷了。"

"亲爱的河鼠，实在对不起，可我真是累坏了。你得让我在这儿多歇会儿，恢复一下体力，才能走回家去。"

"那好吧"好脾气的河鼠说，"那就歇着吧。反正天已差不多全黑了，过一会儿应该有点月光。"

于是鼹鼠钻到枯树叶里伸开四肢，很快就睡着了，尽管睡得时断时续很不安稳。河鼠也尽量把身子捂得严实些，一只爪子握着手枪，耐心地躺在那里等着。

等到鼹鼠醒来，精神好多了。河鼠说："好啦！我先去外面瞅瞅，看是不是平安无事，然后我们真该走啦。"

河鼠来到洞口，探头向外望。鼹鼠听见他轻声自言自语地说："这下麻烦啦！"

"出了什么事儿，河鼠？"鼹鼠问。

"下雪啦"河鼠回答，"应该说，雪还下得挺大的呢。"

鼹鼠也钻出来，蹲在他身旁。只见那座曾经吓得他失魂落魄的森林，完全变了样。洞穴、树洞、池塘、陷阱，以及其他一些恐吓过路人的东西，统统消失了。到处铺着闪闪发亮的仙境中的地毯，看去实在可爱，叫人舍不得用粗笨的脚去践踏它。漫天飘洒着细细的粉末，碰到脸颊上，痒痒的，怪舒服的。黝黑的树干，仿佛被一片来自地下的光照亮，显得清晰异常。

"这可怎么办"河鼠想了一会儿说，"我看，我们还是出发碰碰运气吧。最糟糕的是，我辨不清我们的方向了。"

确实如此。鼹鼠简直认不出，这就是原来的那座森林。不过，他们还是勇敢地上路了。他们选择了一条看似最有把握的路线，互相搀扶着，装出一副所向无敌的兴冲冲的样子。

约莫过了一两个钟头——他们已完全失去了时间概念——他们停了下来，又沮丧，又倦乏，在一根横倒的树干上坐了下来，喘口气，考虑下一步该怎么办。他们已累得浑身酸痛，摔得皮破血流；他们好几次掉进洞里，弄得浑身湿透；雪太深了，他们小小的腿几乎拔不出来。树木也越来越密，越来越难以区分。这座森林仿佛无边无际，没有尽头，也没有差别，最糟的是，没有路可以走出去。

"我们不能坐太久"河鼠说，"得再加把劲。天太冷了，雪很快就会积得更深，深得我们走也没法走。"他朝四周张望，想了一阵，接着说："我想到一个办法。前面有个小山谷，那儿有许多小山包、小丘冈。我们去那儿找一处隐蔽的地方，一个干的洞穴什么的,可以避避风雪。我们先在那儿好好休息一阵子,再想办法。"

于是,他们又站起来,踉踉跄跄地走下山谷,寻找一个山洞,或者一个干燥的角落,可以抵挡刺骨的寒风和飞旋的雪花。正当他们在察看河鼠提到的一个小山包时,鼹鼠突然尖叫一声,脸朝下摔了个嘴啃泥。

"哎哟,我的腿!"他喊道,"哎哟,我可怜的小腿!"他翻身坐在雪地上,用两只前爪搓着他的一条腿。

"我可怜的鼹鼠!"河鼠关切地说,"看来今天你运气不太好,是不是?让我瞧瞧你的腿。"他双膝跪下来看,"你的小腿受伤了,没错。你等着让我找出手帕来,给你包扎好。"

"我一定是被一根埋在雪里的树枝或树桩绊倒了,"鼹鼠惨兮兮地说,"哎哟!哎哟!"

"伤口很整齐。"河鼠再一次仔细检查他的腿,"绝不会是被树枝或树桩划破的。看起来倒像是被什么锋利的金属家伙划的。这就奇怪了!"他沉吟了一会儿,观察着周围一带的山包和坡地。

"噢,管它是什么干的。"鼹鼠说,他痛得连语法都顾不上了,"不管是什么划的,反正一样的痛。"

可是,河鼠用手帕仔细包扎好鼹鼠的伤腿后,就忙着在雪里又扒又挖又刨地忙个不停,在一旁的鼹鼠等得不耐烦,不时地插上一句:"唉,河鼠,算了吧!"

突然,河鼠叫了起来:"啊哈!"接着又是一连串的"啊哈——啊哈——啊哈!"他在雪地里跳起优美的快步舞来。

"你找到什么啦,河鼠?"鼹鼠问,他还在搓着他的腿。

"快来看哪!"心花怒放的河鼠说,一边还跳着舞。

鼹鼠一瘸一拐地走过去,看了又看,"这个嘛,不就是一个刮泥器吗?干吗围着一个刮泥器跳舞?"

"难道你还不明白这意味着什么吗?你呀,你这个呆瓜!"河鼠不耐烦地喊道。

"我当然明白啦。"鼹鼠回答说。"这说明,有个粗心大意爱忘事的家伙,把他家门前的刮泥器丢在了原始森林里,不偏不倚就扔在什么人都会被绊倒的地方。我说,这家伙也太缺德了。等我回到家,我非向……向什么人……告他一状不可,等着瞧吧!"

"天哪!天哪!"看到鼹鼠这么迟钝不开窍,河鼠无奈地喊道,"好啦,别斗嘴了,快来和我一起刨吧!"他又动手干了起来,掘得四周雪粉飞溅。

又苦干了一阵子,他的努力终于有了结果:一块破旧的门垫露了出来。

"瞧,我说什么来着?"河鼠洋洋得意地欢呼起来。

"什么也不是。"鼹鼠说,"好吧,像是又发现了一件家用破烂,用坏了被扔掉的,我想你一定开心得很。要是你想围着它跳舞,那就快跳,跳完了我们好赶路。一块擦脚的门垫，能当饭吃吗？能当毯子盖吗？能当雪橇滑回家吗？你这个叫人生气的啮齿动物！"

"你当真认为，"兴奋的河鼠喊道，"这块门垫不能说明任何问题吗？"

"真是的，河鼠。"鼹鼠烦躁地说，"我认为，我们已经玩够了。谁又听说过一块门垫能说明什么问题？它什么都不会告诉你。门垫只知道它们该躺在什么地方。"

"你听我说……你这个呆瓜。"河鼠真的火了，"你住嘴！别再说一个字，只管刨……刨啊挖啊，掘啊找啊，特别是在小山包的四周找。如果你今晚想有个干干爽爽暖暖和和的地方睡上一觉，这就是最后的机会！"

河鼠冲他们身边的一处雪坡发起猛攻，用他的木棍到处戳，拼命地挖着。鼹鼠也忙着刨起来，不为别的，只为讨好河鼠，因为他相信，他的朋友昏头了。

苦干了十分钟左右，河鼠的木棍敲到了什么东西，发出空洞的声音。又刨了一阵，可以伸进一只爪子去摸了。他叫鼹鼠过来帮忙。两只动物一齐努力，终于，他们的劳动成果赫然出现在眼前，把一直持怀疑态度的鼹鼠惊得目瞪口呆。

就在看上去像是一个雪坡的旁边，立着一扇漆成墨绿色的坚实的小门。门边挂着铃绳的铁环，铃绳下有一块小小的黄铜牌，上面端正地刻着几个字，借着月光，可以辨认出是：

獾先生

鼹鼠又惊又喜,仰面倒在了雪地上。"河鼠!"他懊悔地喊道,"你真了不起!实在是太了不起了!这下我全明白了!你用你的智慧。你对自己说:'要是再找到一块擦脚的门垫,我的推理就得到了证实!'门垫果然找到了,你太聪明了!'好啦。'你说,'明摆着,这儿一定有一扇门,下面要做的,只是把门找出来就行啦!'嗯,这种事,我只在书本上读到过,在生活中可从没遇到过。你应该到那种能让你大显身手的地方去,待在我们这伙人当中简直就是大材小用。我要是有你那么一副头脑就好了。河鼠……"

"既然你没有,"河鼠毫不客气地打断他的话,"那你是不是要通宵达旦地坐在雪地里唠叨个没完?快起来,瞧见那根门铃绳了吗?使劲拉,有多大劲就使多大劲,我来敲门!"

当河鼠用他的棍子敲门时,鼹鼠一跃而起,一把抓住门铃绳,两脚离地,整个身子吊在绳子上晃荡。从里面很远很远的地方,隐隐约约地传来了一阵低沉的铃声。

第四章　獾先生

他们耐着性子等了很久很久，为了不让脚冻僵，他们不住地在雪地上跺着脚。终于，里面传来像是穿了好大的拖鞋走路时发出的趿拉声。

门栓被拉开了几英寸宽的一条缝，刚够露出一只长长的嘴和一双睡意蒙胧、半睁半闭的眼睛。

"哼，下回要是再这样，"一个沙哑的声音说，"我可真要生气了。这是谁呀？深更半夜地吵醒别人？说呀！"

"噢，獾，请让我们进去吧。是我呀，河鼠，还有我的朋友鼹鼠，我们在雪地里迷了路。"

"什么，是河鼠，我亲爱的小家伙！"獾完全换了一种口气说，"快进来吧。哎呀，你们一定是冻坏了。真糟糕！在雪地里迷了路，而且是在深更半夜的原始森林里！快请进。"

他们急着要挤进门去，一个跌在另一个的身上，当他们听到身后的关门声，都感到无比快慰。

獾穿着一件长睡袍，脚上趿了双被拖破了后跟的旧拖鞋。手里拿着一个扁烛台。他和气地低头看着他们，拍拍他俩的脑袋。"这种夜晚可不是小动物们该出门的时候。"他像爸爸一样和蔼地说，"河鼠，恐怕又是你玩的什么鬼把戏吧。快跟我到厨房来，那里生着一流的炉火，还有晚餐，应有尽有。"

他俩抢着跟在后头，走进了一条长长的幽暗的破败不堪的过道，来到一间类似中央大厅的房间。从这里，可以看到另一些隧道，是树枝状分岔出去的，显得幽深神秘，望不到尽头。大厅里还有许多门——看起来很舒服很结实的橡木门。獾推开了其中的一扇门，他们马上就来到了一间温暖的大厨房。

地板是红砖铺的，已经踩得很旧了，宽大的壁炉里，燃着木柴，壁炉深深地嵌在墙里，一点儿也不用担心冷风会倒刮进来。壁炉两边，面对面摆着一对高背扶手椅，是专为喜欢围炉长谈的客人准备的。厨房正中的位置，摆着一张架在支架上的木板长桌，两边摆着长凳。餐桌的一头摊着獾先生吃剩的很丰盛的晚餐。尽头的橱柜上摆着一排排一尘不染的盘子；头顶的横椽上，吊挂着一只只火腿、一捆捆干菜、一袋袋洋葱和一篮篮鸡蛋。这地方，很适合凯旋的英雄们欢聚宴饮；也可以供疲劳的庄稼汉好几十人围坐桌旁，开怀畅饮、放声高歌、欢庆丰收；或是三两好友舒心惬意地吃喝、抽烟、聊天。砖地朝着烟雾缭绕的天花板微笑，磨得锃亮的橡木扶手椅愉快地互相对视着，橱柜上的盘子冲着碗架上的锅盆咧嘴笑着；而快乐的炉火把自己的光一视同仁地照亮给屋里所有的东西。

好心的獾把他俩安置在一张高背椅上烤火，让他们脱下湿衣湿靴，又给他们拿来睡袍和拖鞋，亲自用热水给鼹鼠洗小腿，用胶布贴好他的伤口，直到他们的身体感到暖和了，才罢手。两只饱经风雪的小动物舒服地几乎忘掉了之前所遭受的种种苦难。

等他们缓过劲儿来，一顿丰盛的晚餐也已准备好了。早就饥肠辘辘的他们立刻狼吞虎咽地吃起来，根本就顾不上说话。等到开始想说话时，又因为嘴里塞满了食物，而说得很费劲，他俩的吃相实在是太难看了。好在獾对这类礼仪毫不介意，也不介意他们把胳膊肘撑在桌上，或者是不是几张嘴同时说话。（当然，我们知道用餐礼仪还是有必要的，不过要解释清楚为什么重要，太费时间了。）獾先生坐在桌头的一张扶手椅上，听两只动物讲他们的遭遇，不时严肃地点点头。不管他们讲什么，他都不露出诧异或震惊的神色，也从不说"我早跟你们说过"，或者"我一直都是这么说的"，或者指出他们本该这样，不该那样。鼹鼠真是太喜欢獾先生了。

晚餐终于吃完了，吃得饱饱的他们又围坐在熊熊的炉火

旁闲聊了一阵，獾衷心地说："好了，给我说说你们那边的新闻吧，癞蛤蟆老弟如今过得怎样？"

"唉，越来越糟了。"河鼠心情沉重地说，"就在上星期，又出了一次车祸，撞得可厉害啦。他硬要自己开车，可他又不会。要是他高薪雇一个正经、稳重、训练有素的司机为他开车，那就什么问题也没有了。可他偏不，他自以为是个天生的、无师自通的好驾驶员，这么一来，车祸自然就接连不断了。"

"有多少回？"獾阴沉着脸问。

"你是说——出的车祸，还是买的车？"河鼠问，"噢，对癞蛤蟆来说，反正都是一回事。这已是第七回了。至于其他几辆——你是见过他那车库的，如今堆满了各种汽车碎片，这就是前六辆汽车的归宿——如果算得上是归宿的话。"

"他光住医院就住过三次。"鼹鼠插嘴说，"至于他不得不付的罚款嘛，想想都可怕。"

"是啊，这只是麻烦的一个方面。"河鼠接着说，"癞蛤蟆有钱，这我们都知道；可他并不是什么百万富翁呀。说到驾驶技术，他简直蹩脚透了，开起车来根本无视法律和交通规则。他早晚不是送命就是破产。獾呀！我们都是他的朋友，总该拉他一把吧？"

獾苦苦思索了一阵，最后他严肃地说："哎，我也是爱莫能助呀！"

两位朋友都理解他的苦衷。按照动物界的规矩，在这种寒冬季节，是不能指望任何动物去做任何费劲或者冒险的动作，哪怕只是温和的动作。他们全都昏昏欲睡，有的还真的在睡。他们全都受天气影响，待在家里闭门不出。

"这样，"獾说，"等到新的一年开始，黑夜变短的时候，我们——就是说，你和我，还有我们的新朋友鼹鼠——我们要对癞蛤蟆严加管束，不许他再胡闹。要让他恢复理智，必要时就使用武力。我们要使他成为一只有头脑的癞蛤蟆。我们要……喂，河鼠，你睡着了？"

"我没有！"河鼠猛地打了个哆嗦，醒了。

"打吃过晚餐，他都睡过两三次啦。"鼹鼠笑着说。和河鼠比起来，鼹鼠倒是挺清醒的，甚至挺精神的，虽然他也不明白为什么会这样。当然，这是因为，他原本就是只在地下生活的动物，獾的家正合他心意，他感到特别舒适自在。而河鼠呢，他夜夜都睡在敞开窗户的卧室里，窗外就是一条微风习习的河，自然会觉得这里的空气有些憋闷喽。

"好吧，是该上床睡觉了。"獾起身拿起平底烛台，"你们跟我来，我领你们去你们的房间。明天早上不必急着起床……早餐时间自便。"

他领着他们来到一间长长的房间，看上去一半是卧室，一半是贮藏室。随处可见獾的过冬贮备，苹果、萝卜、土豆、坚果和一罐罐的蜂蜜占据了半间屋子；而另半间的地板上，

摆着两张洁白的小床，看上去很柔软很招人喜欢。床上铺着的被褥虽然粗糙，却很干净，时不时地散发出好闻的薰衣草香味。不用三十秒钟，鼹鼠和河鼠就甩掉身上的衣服，一骨碌钻进被子，他俩感到无比快乐和满意。

两只困乏的小客人第二天很晚才起来吃早餐。看到厨房里已经生好了熊熊炉火，两只小刺猬正坐在餐桌旁的板凳上，用木碗吃着麦片粥。一见他们进来，刺猬们立刻放下勺子，站起来，恭恭敬敬地向他们鞠了一躬。

"好啦，坐下，坐下。"河鼠高兴地说，"继续吃你们的粥吧。你们两个小家伙是打哪来的？也是在雪地里迷了路吧？"

"是的，先生。"年纪大些的那只刺猬很有礼貌地说，"我和小比利想找到上学的路……妈妈非要我们去上学……我们就迷了路，先生。比利他年纪小，胆儿也小，他害怕，就哭了。后来，我们碰巧来到獾先生家的后门，就壮着胆子敲门，先生，因为谁都知道，獾先生他是一位好心肠的先生……"

"这我明白。"河鼠边说边给自己切下几片咸肉，而鼹鼠正把几个鸡蛋打在平底锅里。"外面天气怎么样了？你用不着叫我那么多'先生'。"河鼠又说。

"噢，糟透了，先生，雪深得要命，"刺猬说，"像你们这样的先生，今天可别出门。"

"獾先生呢？"鼹鼠问，他正在炉火上热咖啡。

"主人他到书房去了,先生。"那只小刺猬说,"他说他今天上午特忙,请不要打搅他。"

在场的每一位自然都心领神会。獾饱饱地吃过一顿早餐后,就退回到书房,倒在一把扶手椅上,用一块红手帕遮着脸,忙他在这个季节照例要"忙"的事去了。

突然,门铃丁零零大响了起来,河鼠正嚼着抹了黄油的烤面包片,满嘴流油,就派小刺猬比利去看看是谁来了。门厅里传来了很响的脚步声,比利回来了,后面跟着水獭。水獭扑到河鼠身上,搂住他,亲热地向他问好。

"放开!"河鼠嘴里塞得满满的,喷溅着食物说。

"就知道在这儿准能找到你们的。"水獭兴高采烈地说。"今天我一早去河岸,他们说,河鼠整宿没在家,鼹鼠也是,准是发生了什么可怕的事。大雪把你们的脚印全盖上了。可我知道,当大家遇到麻烦时,十有八九是上獾这儿来了;或者,獾也总会了解些情况,所以我就穿过原始森林,直奔这儿来了。一路上我到处打听你们的消息,后来我见一只兔子坐在树墩上,用爪子洗他那张傻里傻气的脸。才从他嘴里知道,他们有人昨晚在原始森林里瞅见鼹鼠来着。他说,在兔子洞里大伙儿都在七嘴八舌地议论,说河鼠的好朋友鼹鼠遇上麻烦啦。说他迷路啦,他们全都出来追逐他,撵得他团团转。'那他们为什么不帮帮他?'我问。'什么,我们?'他只是说,'帮助他?我们这群兔子?'我只好给了他一记耳光,扔下他走了。

这群傻兔子!"

"你一丁点儿也不……呃……不紧张吗?"鼹鼠问,想起原始森林,昨天的恐怖记忆又回来了。

"紧张?"水獭大笑,露出一口闪亮坚实的白牙,"他们哪个敢碰我,我就叫他吃不了兜着走!鼹鼠,好小伙,给我煎几片火腿吧,我可饿坏了。我还有许多话要跟河鼠讲呢,好久好久没见到他了。"

于是鼹鼠切了几片火腿,吩咐刺猬去煎,自己又回来吃他的早餐。这时,水獭和河鼠头靠头,起劲地谈着,那些话就像那滔滔不绝的河水,没有个尽头。

刚扫荡完一盘煎火腿,正要再添一盘时,獾进来了,打着呵欠,揉着眼睛,简单地向每个人问好。"到吃午餐的时候了,留下和我们一起吃吧。早晨这么冷,你准是饿了吧。"

"可不!"水獭回答,冲鼹鼠挤了挤眼,"看到两只馋嘴的小刺猬一个劲往肚里填煎火腿,我也觉得饿坏了。"

两只小刺猬早上其实只吃了麦片粥,就忙着煎火腿,现在真觉得饿了。他们怯生生地抬头望着獾先生,不好意思开口。

"得啦,你们两个小家伙该回家找妈妈了。"獾慈祥地说,"我派人送送你们,给你们带路。我敢说,你们今天连晚餐都用不着吃了。"

他给了他们每人六便士,拍了拍他们的脑袋。他们恭恭敬敬地挥着帽子,行了个军礼,走了。

大家很快都坐下来吃午餐。鼹鼠正好被安排挨着獾先生坐，而那两位还在一门心思地聊他们关于河的闲话。于是鼹鼠趁这个机会告诉獾，他在这儿感到多么舒适，多么自在。"只要一回到地底下，"他说，"心里就觉得特踏实。"

獾只是对他微微一笑。"这正是我要说的。只有在地底下，才能让人感觉到安全、太平和清静。再说，要是你打算扩充地盘，只消挖一挖，掘一掘，就有啦！要是你嫌房子太大，就堵起一两个洞，就可以啦！风吹雨打都不用担心，只要你愿意你也可以上去走走，或是住上一阵子，可最终还是得回到地底下来——这就是我对家的观念！"

鼹鼠打心眼儿里赞同他的看法，因此獾对他好得不得了。"等吃完午餐，"他说，"我领你到各处转转，参观参观寒舍。你一定会喜欢它的。"

午餐过后，当那两位坐到壁炉前，开始激烈地争论鳝鱼这个话题时，獾点起手提灯，叫鼹鼠跟他走。他们穿过大厅，来到一条主隧道上。摇曳的灯光隐隐照出两边大大小小的房间，有的只是些小储藏间，有的则宽大气派，像癞蛤蟆的宴会厅。一条垂直交叉的狭窄通道，把他们引向另一条通道。鼹鼠吃惊地看着眼前这规模宏大和四通八达的宏伟建筑，长长的幽暗通道，坚实的贮藏室拱顶，到处是石头建筑：石柱、石拱、石路——一切的一切，看得鼹鼠眼花缭乱。"我的天！"最后他说，"这要花掉你多少的时间和精力？太不可思议了！"

"如果这都是我干的，"獾淡淡地说，"那的确是不可思议。事实上，我什么也没干——我只是把我需要的通道和房间清理出来罢了。这里周围还多的是。事情是这样的：很久以前，就在这片原始森林覆盖的地面上，有过一座城市——人类的城市，明白吗？他们就在我们站着的这地方生活。他们在这里设马厩，摆宴席，从这里骑马出发去打仗，或者赶车去做买卖。他们是个强大的民族，很富有，很擅长建筑。他们盖的房子经久耐用，因为他们想让城市永存不灭。

"那后来呢，他们全都怎么样了？"鼹鼠问。

"谁知道呢？"獾说，"人类来了，繁荣兴旺了一阵子，大兴土木——过后又离开了。可我们留了下来。据说，在城市出现很久很久以前，这里就有獾了。如今呢，这儿还是有獾。我们是一种有耐心的动物。我们也许会迁出去一段时间，可我们总是耐心等待，过后又会迁回来。永远都是这样。"

"那么，他们走了以后又怎样了呢，我是说那些人走了以后？"鼹鼠说。

"他们离开以后，"獾接着说，"狂风暴雨不停地年复一年地统治着这地方，也许我们獾也尽了自己的一点微薄的力量，谁知道呢？于是城市一点一点地坍塌了，夷平了，消失了。接着，又一点一点地往上长，长，长，种子长成树苗，树苗长成大树，荆棘和蕨类植物也来凑热闹。腐叶积厚了又流失了；冬天冰雪消融时溪流裹带着泥沙，淤积起来，覆盖了地面。久而久之，一切都准备好了，于是我们搬了进来。在我们头顶的地面上，同样的事情也在发生。各种动物喜欢上了这块地方，在这里安顿了下来繁衍后代。动物们从不为过去的事操心，他们太忙了。原始森林现在已经住满了动物，他们有好有坏，也有不好不坏的——他们的名字我就不提了。世界原本就是由各色各样的生灵构成的。我想，你现在对他们多少也有些了解了吧。"

"是的。"鼹鼠微微打了个寒战说。

"那好，"獾拍拍他的肩头说，"这是你第一次和他们打交道。其实，他们也并不是那么坏；我们得活，也得让别人活。不过，我明天要把话传出去，那样，你以后就不会再遇到麻烦了。在这个地方，只要是我的朋友，都可以随意走动，要不然，我就要去查明原因何在！"

等他们重新回到厨房时，河鼠正坐立不安地来回踱步。地下的空气使他感到压抑，令他神经紧张，好像他要是再不回去照看那条河，河就会跑掉似的。他穿上外套，把手枪重新插在皮带里。"来吧，鼹鼠。"他一见鼹鼠和獾就急切地说，"我们得走了，不能再在原始森林里过夜。"

"走，我陪你们一起走。我就是闭着眼睛，也认得出每一条小路。要是有哪个家伙欠揍，看我不好好揍他一顿。"水獭说。

"我的那些通道远比你想象的要长得多，"獾补充说，

"你真要走的话,我这里就有一条近道。现在你尽管安下心来,再坐一会儿。"

可河鼠还是急着要回去照看他的河,于是獾又拿起手提灯,在前面领路,领他们穿过一条弯弯曲曲的潮湿隧道。这段路真长,好像有几英里长。最后,透过悬在通道出口处的枝藤交错的草木,终于看到了光亮。獾匆匆与他们道了别,赶紧把他们推出通道口,然后又用藤蔓、断枝、枯叶把洞口隐蔽好,尽可能不露痕迹,然后转身回去了。

他们发现自己已站在原始森林的边上。后面是岩石、荆棘和树根,杂乱无章地互相堆砌缠绕,前面是一大片宁静的田野,边上镶着被雪地衬得黑黝黝的一行行树篱。再往前,就看见那条波光粼粼的熟悉的大河,冬天的太阳红彤彤的,低悬在天边。熟悉所有小路的水獭在前面领路,他们在一个栅栏前歇脚,回头望去便是那浓密森严的原始森林。他们迫不及待地往家的方向赶,赶着奔向炉火和火光映照下他们熟悉和喜爱的事物中去,赶着倾听窗外快活歌唱的河水声。这时的鼹鼠才清楚地意识到,河岸才是他的快乐源泉,才是最令他感到自在温暖的地方。

第五章　重返家园

　　河鼠和鼹鼠跟着水獭穿越了田野，在白昼将尽的冬天，暮色正向他们逼来，可他们还有好长的一段路要走。他们跟跟跄跄地在耕地里乱走时，听到绵羊的咩咩声，就寻声跟了过去。现在，他们看到从羊圈那边伸出一条被踩出来的小道，路一下子变得好走多了。他们凭着所有动物天生具有的那种嗅觉，毫不迟疑地认定，"没错，这条路可以一直通到他们的家！"

　　"前面好像是一个村庄。"鼹鼠放慢了脚步，有些拿不定主意。因为，那条被脚踩出来的小道，先是变成了一条宽点的路，而现在这条路又把他们引到了一条铺着碎石的大道上。动物们向来不喜欢人类的村庄，虽然他们有时也会穿过公路，但动物们向来是只管自己走自己的路，他们会很小心

地避开教堂、邮局或酒馆。

"噢,没关系。"河鼠说,"这个季节,这个时候,男人、女人、小孩、狗和猫全都安安稳稳地围坐在家里的炉火前烤火。我们可以神不知鬼不觉地溜过去,不会有麻烦的。如果你高兴的话,还可以从窗外偷瞧上几眼,看看他们都在干些什么。"

当他们轻轻地踏着薄薄一层粉状的雪走进村庄时,十二月中旬迅速降临的黑夜已经笼罩了这个小村庄。除了街道两边从村舍的一个个窗子溢到外面黑洞洞世界的昏暗灯光,几乎什么也看不见。这些低矮的格子窗,大多数都不挂窗帘,屋里的人也不避讳窗外的行人。他们围坐在茶桌旁,有的埋头在做手工活,有的挥动着手臂在大声说笑,个个都显得优雅自在,那正是演技高超的演员所渴望达到的境界——丝毫没有意识到面对观众的一种自然境界。这两位远离自己家园的观察者,随意地从一家剧院看到另一家剧院。当他们看到一只猫被人抚摸,一个瞌睡的小孩被抱到床上,或者一个倦乏的男人伸着懒腰,并在一段冒烟的木柴尾端磕打烟斗时,他们的眼里不由得露出某种渴望的神情。

然而,有一扇拉上窗帘的小窗,在黑暗里,只留下一片半透明的空白。只有在这里,家的感觉,斗室内帷帘低垂的小天地,把外面大自然的寒冷与危险统统关在了窗外。紧靠着的白色窗帘挂着一个鸟笼,轮廓鲜明。每一根铁丝,每一副栖架,就连昨天被舐掉了边角的方糖,都清晰可辨。栖在笼子中央架上的鸟儿把头深深地埋在羽毛里，近得好像只要他们愿意就能抚摸它似的；那圆滚滚的羽毛身子，甚至那些细细的羽尖，都像在那块发光的屏上描绘出来的铅笔画。就在他俩看得入迷时，那只睡意沉沉的小东西不安地动了动，醒了，他抖抖羽毛，抬起了头。在它懒洋洋地打哈欠时，他们可以看到他把小尖嘴张得大大的，他向四周看了看，就又把头埋进翅膀下面，蓬松的羽毛慢慢地平伏下来，一动不动。这时，一阵凛冽的寒风刮进了他俩的后脖颈里，冰冷的雨雪刺痛了他们的皮肤，他们仿佛从梦中惊醒，感到脚趾发冷，两腿发酸，这才意识到，他们自己的家还远着呢，要走好长一阵才能到。

一出村庄，村舍一下子就没有了。他们在黑暗中又闻到了熟悉的田野的气息。这气味立刻让他们来了精神。这是回家的路，而且他们知道这条路早晚是有尽头的。到那时，门闩咔嚓一响，眼前会突然出现炉火，熟悉的东西像迎接久别归来的海外游子一样欢迎着他们。他们坚定地走着，默默不语，各想各的心事。鼹鼠一心想着他的晚餐，反正天已经全黑了，四周都是那么的陌生，所以他只管乖乖地跟在河鼠后面，由着河鼠给他带路。河鼠呢，他照常走在前面，微微拱着双肩，两眼紧盯着前面那条灰色的笔直的路，没心思去照顾后面的鼹鼠。就在这时，一声召唤，如同电击一般，突然触到了鼹鼠。

我们人类早已失去了这种对细微感觉的微妙接收能力，

甚至找不到恰当的字眼来形容一只动物与他周围环境——有生命的或无生命的——之间那种息息相通的交流。比如说，动物的鼻孔内日夜不停地发出嗡嗡作响的一整套细微的颤动，如呼唤、警告、挑逗、拒绝等等，而我们只会用一个"嗅"字来概括。此刻正是这样，一种来自虚空的神秘的召唤透过黑暗忽然传到了鼹鼠身上，他为这相当熟悉的召唤激动万分，尽管他这时还记不起那究竟是什么。走着走着，他忽然定在那儿一动不动，用鼻子到处嗅，使劲去捕捉那丝、那束强烈触动他的电流。只一会儿，他就捉住了它，随之而来的是狂潮般涌上心头的回忆。

家，家！就是这些甜蜜的呼唤，这些从空中飘来的轻柔抚摩，这些一个劲儿地把他往一个方向又拉又拽的看不见的小手所表示的意思！是啊，此刻，它一定就近在眼前——他自己的老家——自从他第一次发现大河，就匆匆离去，就弃之不顾的家！现在，它派出了探子和信使来抓他，想带他回去。自从那个晴朗的早晨离家出走后，他就沉醉在新生活里，享受这种新生活带给他的一切欢乐、妙趣、引人入胜的新鲜体验。至于老家，他连想也不曾想过。现在历历往事涌上心头，老家在黑暗中正越来越清晰地浮现在他的眼前！他的家，他自己的家，尽管矮小简陋、陈设可怜，却是属于他的，是他为自己建造的家园，是他在劳碌一天之后愉快地回归的家园。这个家，显然也喜欢他，思念他，盼他回来。家正在通过他的鼻子，悲切地、哀怨地向他诉说，不带一点怨恨，不带一点恼怒；只是凄楚地提醒他：家就在这儿，它要他回去。

这召唤是清晰的，这召唤是明确的。他必须立即听它的话，回去。"河鼠！"他用充满喜悦和激动的口气叫道，"停一停！回来！我需要你，快点！"

"噢，快跟上，鼹鼠，快来！"河鼠兴冲冲地喊，仍旧只管奋力朝前走。

"停一停吧，求求你啦，河鼠！"可怜的鼹鼠苦苦哀求道，"你不明白！这是我的家，我的老家！我刚刚闻到了它的气味，它就在这儿附近，近极了。我必须得回去，必须，必须！噢，回来吧，河鼠！"

这时河鼠已在前面走得很远了，远到没听清鼹鼠在喊什么，也没听出鼹鼠的声音里那种苦苦哀求的意思。因为他担心要变天，因为他也闻到了某种气息——他怀疑可能要下雪了。

"鼹鼠，我们现在停不得，真的停不得！"他回头喊道，"不管你找到了什么，我们明天再来瞧。我现在不敢停下来——太晚了，马上又要下雪啦，这条路我也不太熟悉。鼹鼠，我需要你的鼻子，快来吧，好小伙！"河鼠没等鼹鼠回答，只顾闷头向前赶路。

可怜的鼹鼠孤零零地站在路上，他的心都要碎了。他感到胸中有一大股伤心泪，正在聚积、胀满，马上就要涌上来，

迸发出来了。不过即便面临这样严峻的考验，他对朋友的忠诚之心仍是毫不动摇，他一秒钟也没想过要丢下他的朋友不辞而别。但同时，家的阵阵召唤，在对他释放着魔力，最后竟专横地勒令他必须绝对服从。他不敢再在它的魔力圈内多停留，他猛地挣断了他的心弦，下狠心把脸朝向前面的路，追随着河鼠的足迹跟了上去。虽然，那稀薄微弱的气味还在追着他逃走的鼻子不放，责怪他有了新朋友，忘了老朋友，埋怨他喜新厌旧。

他费了好大劲才赶上河鼠。河鼠只顾高兴地跟他唠叨，讲他们回家后要干些啥。客厅里升起一炉柴火是多么愉快，晚餐要吃些什么。他一点儿也没留意到同伴沉默和忧郁的神情。最后，当他们又走了很长的一段路，经过路旁矮树丛边的一些树墩时，他总算是停下脚步，关切地问："喂，鼹鼠，老伙计，你好像累坏了，为什么一句话也不说，你的腿像绑了铅似的。我们在这儿坐下歇会儿吧。好在雪到现在还没下，大半的路程我们已经走过了。"

鼹鼠凄凄惨惨地在一个树墩上坐下，竭力想控制住自己，因为他觉得自己就要哭出来了。他一直苦苦挣扎，强忍着，可眼泪偏不听话，硬是一点一点地往外冒，接着是紧锣密鼓的一连串，最后他只得放弃挣扎，绝望地放声痛哭起来。因为他知道，一切都完了，他彻底失去了他几乎已经找到的东西。

河鼠被鼹鼠这突如其来的悲伤惊呆了，半天不敢开口说话。过了好一会儿,他才轻轻地充满同情地问:"到底怎么回事,老伙计?到底出了什么事?看我能不能帮帮你。"

可怜的鼹鼠哭得简直说不出话来,他断断续续哽咽着说:"我知道,它是一个——又脏又破的小屋,比不上——你的房子那么舒服——比不上癞蛤蟆的庄园那么华丽——也比不上獾的屋子那么宽敞——可它毕竟是我自己的小家——我喜欢它——我离家以后,就把它忘得一干二净——可我忽然又闻到了它的气味——就在路上,在我喊你的时候,你只顾往前赶——过去的一切像潮水似的涌上我心头——我需要它!——噢!天哪!——你就是不肯回头,河鼠——我只好丢下它,尽管我一闻到它的气味——我的心都要碎了——其实我们本可以回去哪怕只瞧它一眼,河鼠——一眼就行——它就在附近——可你偏不肯回来,河鼠,你不肯回来!噢!天哪!"

回忆掀起了他新的悲伤,哽咽得他说不下去了。

河鼠直愣愣地盯着前面,一声不吭,只是轻轻地拍着鼹鼠的肩。过了一会儿,他喃喃地说:"现在我全明白了!我刚才真是……真是一只蠢猪……对,就是我!……一只不折不扣的蠢猪!"

河鼠等着,等到鼹鼠的哭泣逐渐缓和下来,不再是狂风暴雨,而变得多少有点节奏了,等到鼹鼠只管抽鼻子,间或夹杂几声啜泣。这时,河鼠从树墩上站起来,若无其事地说:

"好啦，老伙计，我们真的得走了！"他重新动身上路，可这回是朝他们辛辛苦苦走过来的原路上走回去。

"你上哪儿去，河鼠？"泪流满面的鼹鼠抬头望着他，惊叫道。

"我们去找你的那个家呀。"河鼠快活地说，"你最好也一起来，找起来或许要费点劲，需要借助你的哭鼻子呀。"

"噢，回来，河鼠，回来！"鼹鼠站起来追赶河鼠，"我跟你说，这没有用！太晚了，也太黑了，那地方太远了，而且马上又要下雪了！再说，我并不是有意要让你知道我是那么想它……这纯粹是偶然的，是个意外！还是想想河岸吧，想想你的晚餐吧！"

"什么河岸，什么晚餐，见鬼去吧！"河鼠诚心实意地说，"我跟你说，我非去找你的家不可，哪怕在外面待上一整夜也在所不惜。老朋友，打起精神，挽着我，我们很快就会回到原地的。"

鼹鼠仍在抽着鼻子，恳求着，勉勉强强由着朋友把他强拽着往回走。河鼠一路滔滔不绝地给他讲故事，好振作他的情绪，也使这段乏味的路程显得短些。等到河鼠觉得他们似乎已经来到鼹鼠当初给"绊住"的地方时，他说，"现在，别说话了，得办正事！用你的鼻子，用你的心来找。"

他们默默地往前走了一小段路。突然，河鼠感到有一股微弱的颤动，通过鼹鼠的全身，从他挽着自己的胳臂传来。

他立即抽出胳臂，退后一步，全神贯注地等待着。

信息传来了。有一刻，鼹鼠僵直着一动不动，翘着的鼻子微微颤动，嗅着空气。

接着，他向前急跑了几步，不对，停下，再试一次；然后，他慢慢地、坚定地、很有把握地向前走去。

河鼠特兴奋，紧紧跟在鼹鼠身后。鼹鼠像个梦游者，在朦胧的星光下，跨过一条干涸的水沟，钻过一道树篱，用鼻子闻着嗅着，横穿过一片宽阔的、光秃秃的空旷的田野。

突然，没打一声招呼，他猛地钻了下去。幸亏河鼠警觉度高，立刻也跟着钻了下去，进入他那灵敏的鼻子嗅出的地道。

地道又狭窄又憋闷，还有股刺鼻的土腥味。河鼠觉得他们走了很久很久，才走到头，他才能把身子站直，伸展四肢，抖抖身子。鼹鼠划了根火柴，借着火光，河鼠看到他们正站在一块空地上。地面被扫得干干净净，脚下铺了一层沙子，正对他们的是鼹鼠家的小小的前门，门旁挂着铃索，门的上方，工整地漆着三个字："鼹鼠居"。

鼹鼠顺手从墙上摘下一盏手提灯，点亮了。河鼠环顾四周，看到他们正站在一个好似前院的地方。门的一边摆着一张花园长椅，另一边有一个石碾子。因为，鼹鼠在家时爱好整洁，不喜欢别的动物把他的地面踩出一道道足痕，踢成一个个小土堆。墙上挂着一篮篮蕨类植物，墙边有一个个台座，

上面摆着泥塑像——有加里波第①，有年幼的萨缪尔②，有维多利亚女王，还有现代意大利的其他英雄。在前院的另一边，有一个九柱戏场，摆着一排长凳和小木桌。院子中央有一个镶着扇贝壳边的圆形的小池塘，里面养着金鱼。池中央，矗立着一座用扇贝壳贴面的造型奇特的塔，塔顶是一个银白色的大玻璃球，它把所有的东西都照得走了样变了形，有趣极了。

　　看到这些亲切的物件，鼹鼠的脸上绽开了愉快的笑容。他把河鼠推进大门，点着了厅里的一盏灯，把他的老家环顾了一下。所有的东西都蒙着一层厚厚的灰尘，看到好久没人打理的屋子，看到它的面积是那么狭小，室内家具又是那么简陋陈旧，鼹鼠禁不住又沮丧起来，颓然瘫倒在椅子上，双爪捂住鼻子。"噢，河鼠！"他伤心地说，"我为什么要这么做呢？我为什么要在这寒冷的深夜，把你强拉到这个穷酸冰冷的小屋里来！这时你本该已经回到河岸，对着熊熊的炉火烤脚，享用你所有的那些好东西！"

　　河鼠没有理会他自责的伤心话，只顾跑来跑去，打开一扇扇门，察看房间和橱柜，点亮灯和蜡烛，挂得满屋子都是。"真是一所顶呱呱的小屋！"他开心地大声说，"多紧凑啊！设计得多巧妙啊！什么都不缺，一切都井然有序！今晚我们会过得很愉快的。头一件事，是升起一炉好火，这我来办——

---

① 加里波第（1807—1882），意大利民族英雄。
② 萨缪尔，《圣经》中一位希伯莱领袖和先知。

找东西，我最拿手。看来，这就是客厅啰？太好了！安装在墙上的这些小卧榻，是你自己设计的吗？真棒！我这就去取木柴和煤，你呢，鼹鼠，去拿一把掸子——厨桌抽屉里就有一把——把灰尘掸掸干净。动手干起来吧，老伙计！"

同伴这么一打气，让鼹鼠大受鼓舞，他立马站起来起劲地东擦擦西掸掸。河鼠一趟又一趟地抱来柴火，不多会儿，欢腾的火苗就呼呼地蹿上了烟囱。他叫鼹鼠过来烤火取暖，可是鼹鼠马上又闷闷不乐了，他沮丧地跌坐在一张躺椅上，用掸子捂着脸。

"河鼠，"他呜咽道，"你的晚餐怎么办？你这个又冷又饿又累的可怜河鼠，我没有一点吃的可招待你……连点面包屑都没有！"

"你呀，真是个容易泄气的家伙！"河鼠责备他说，"瞧，刚才我还在橱柜上看见有把开沙丁鱼罐头的起子，既然有起子，还愁没有罐头？打起精神来，跟我一起去找。"

于是他们开始满屋子搜寻。结果虽不太令人满意，倒也不太叫人失望，他们找到了一罐沙丁鱼，差不多满满一盒饼干，一段用银纸包着的德国香肠。

"够你开个宴会的了！"河鼠一边摆桌子，一边说，"我敢说，有些动物今晚会不惜代价地要和我们一起共进晚餐。"

"没有面包！"鼹鼠哭丧着脸说，"没有黄油，没有……"

"没有肥鹅肝酱，没有香槟酒！"河鼠撇着嘴笑着说，"你

这倒提醒了我——过道尽头那扇小门是通到哪儿的？当然是你的储藏室啰！你家的好东西全都在那儿藏着哪！你等着。"

他钻进储藏室，没多会儿就回来了，身上沾了点灰尘，两只爪子各握着一瓶啤酒，两个胳肢窝下还各夹了两瓶。"你还真是个挺会享受的美食家呢！凡是好吃的，一样也不少。这小屋比哪儿都叫人高兴。喂，你是打哪儿弄来的这些画片？它们使这地方看着就像个家。怪不得你那么喜欢这个家。快跟我说说，你是怎么做到的？"

趁着河鼠忙着拿盘碟刀叉，往鸡蛋杯里调芥末时，鼹鼠的胸口还因为刚才的激动而一起一伏——他开始给河鼠讲——起先还有点不好意思，后来越讲越带劲，话匣子也越打越开。这是怎么设计出来的，那是怎么琢磨出来的；这是偶然从一位姑妈那儿得到的，那是一项重大发现，便宜货；而这东西是靠他省吃俭用，辛苦攒钱买来的。说着说着，他的情绪越来越好，不由得用手去抚摩他的那些宝贝。他提着一盏灯，向他的参观者夸耀它们的优点，把他俩都急需的那顿晚餐忘得一干二净。河鼠呢，尽管他饿极了，可还强装作若无其事的样子，兴致勃勃地点着头，皱起眉头仔细端详，嘴里还时不时地赞叹"真了不起"和"太棒了"。

最后河鼠总算把他引回到桌旁，正要埋头开沙丁鱼罐头时，听到外面传来一阵声响——像是小脚在沙地上乱踩，还有小嗓门七嘴八舌在说话的声音。有些话断断续续地传到他们耳中:"好,现在大家站成一排——汤米,把手提灯举高点——先清清你们的嗓子——我喊一、二、三以后,就不许再咳嗽——小比尔在哪儿?上这儿来,快,我们都等着呢。"

"出了什么事儿?"河鼠停下手里的活,问道。

"准是田鼠们来了。"鼹鼠得意地回答说,"每年这个时候,他们都会上各家串门唱圣诞歌,已经成了这一带的一种风俗。他们从来不会漏掉我……我的鼹鼠居是他们的最后一站。我会请他们喝点热饮料,要是请得起,还请他们吃顿晚餐。每每听着他们的颂歌,就像回到了过去的老时光。"

"我们瞧瞧去!"河鼠大叫着,他跳起来向门口跑去。

他们把门一打开,呈现在眼前的是一幅美丽动人的节日场面。前院里,在一盏牛角手提灯的微光下,八只或十只小田鼠排成半圆形站着,每人脖子上围着红色羊毛长围巾,前爪深深插进衣袋,双脚轻轻跺着地面来保持体温。他们用珠子般的亮眼睛腼腆地你看看我,我看看你,偷偷地笑着,吸着鼻子,又把衣袖拽了好一阵子。当门一打开,那个提手提灯的年纪长一些的田鼠喊了声"预备——一、二、三!"那些尖细的声音就在空中响起来,这是一首古老的圣诞颂歌,是他们的祖先在冰霜覆盖的休耕地里,或是在大雪封门的炉边创作的,一代又一代传了下来。每逢圣诞节,田鼠们就会站在泥泞的街上,对着灯光明亮的窗子唱。

圣诞颂歌

诸位乡亲,在这严寒时节,
请打开你们的家门,
让我们在你炉边稍歇,
尽管风雪会跟着进屋,
明早你们将更加快乐!

我们站在冰霜雨雪里,
呵着手指,跺着脚跟,
远道而来为你们祝福,
你们坐在炉边,我们站在街上,
祝愿你们早晨快乐!

夜已过去一半时,
一颗星星指引我们前行,
天降神恩与好运,
幸福伴随明天、后天……
从此欢乐无穷尽!

善人约瑟在雪中跋涉,
看见马厩上那颗星星;
玛利亚无须再前行,

好好啊，茅屋，里面铺有干草，
明早她将会更欢乐！

于是他们听见天使说：
是谁最先欢呼圣诞快乐？
是所有马厩里的动物，
因为他们本来就在里面居住，
明早的快乐将属于他们！

歌声停下了，歌手们害羞地微笑着，相互转脸看看，一片寂静——不过这只有一眨眼的工夫。接着，由远远的地面上，从他们刚刚走过的地道，隐约传来了"叮叮当当"快活的钟声。

"唱得太好了，孩子们！"河鼠热情地叫起来，"都进屋来，烤烤火，暖和暖和，喝点热东西！"

"对，快进来，"鼹鼠忙喊道，"跟以前一个样！快进来把大门关上。把那条长凳挪到炉边。请稍候——噢，河鼠！"他绝望地喊，一屁股坐在椅子上，眼泪都快掉下来了。"怎么办？我们拿什么请他们吃！"

"这个，就交给我吧。"主人气派十足的河鼠说，"这位拿手提灯的，上这边来。告诉我，在夜里这个时候，还有店铺开门吗？"

"当然有，先生。"那只田鼠恭恭敬敬地回答，"每年

这个季节，我们的店铺昼夜都开门。"

"那好！"河鼠说，"请你马上带着你的手提灯帮我弄些……"

他俩低声嘀咕了一阵，鼹鼠只断断续续听到几句，什么："记住，要新鲜的！……不，一磅就够了……一定要伯金斯那家的，别的我不要……不，只要最好的……那家要是没有，试试别家……对，当然是要刚做好的，不要罐头……那好，早去早回！"然后，只听得一把硬币从一只爪子落进另一只爪子的声音，河鼠又递给田鼠一只大篮子。于是田鼠提着手提灯，急急忙忙地出去了。

其他的田鼠在长凳上坐成一排，前后晃动着悬挂着的小细腿，尽情享受着炉火的温暖，烤着他们的冻疮，直烤得有点刺痒痒的。鼹鼠想引着他们随便聊聊，可没成功，就问起他们的家史来，请他们逐个儿报他们众多弟弟妹妹的名字，原来他们的弟弟妹妹还不到出门唱圣诞歌的年纪，不过也许他们不久就能获得父母的批准了。

这时，河鼠在忙着查看啤酒瓶上的商标。"是老伯顿牌。"他赞许地说，"聪明的鼹鼠！这可是好酒！我们可以用它来调个热甜酒！鼹鼠，准备好，我来拔瓶塞。"

热甜酒很快就调好了。很快每只田鼠都在啜着、咳着、呛着（虽然只喝了一点点热甜酒，后劲却很大），他们又是擦眼泪，又是哈哈笑，似乎忘记了那些曾经挨过冻的日子。

"这些小家伙还会演戏哩，"鼹鼠向河鼠介绍说，"全是他们自编自演的。演得还真棒！去年他们给我们演了一出呱呱叫的戏，讲的是一只田鼠在海上被海盗船俘虏了，被迫在船舱里划桨。等他逃回到家时，他心爱的姑娘已经当了修女。对，就是你！我记得你参加过演出的。来给我们朗诵一段台词吧。"

那只被叫到的田鼠站起来，不好意思地格格笑着。同伴们给他打气，鼹鼠哄他，鼓励他，河鼠甚至抓住他的肩膀一个劲摇晃，可都不管用，他就是怯场。还好就在这时，门闩"咔嗒"一声，门开了，提着手提灯的田鼠拖着沉甸甸的篮子跟跟跄跄地走了进来。

等到篮子里那些实实在在的东西被一股脑倒在餐桌上时，演戏的事就再没人提了。在河鼠的指挥下，大家都被安排去做什么事，或者搬什么东西。很快，晚餐就准备好了。鼹鼠像做梦似的，在餐桌主位坐定，看到刚才还是空荡荡的桌面，现在却堆满了美味可口的食物；看到他的小朋友们个个喜形于色，迫不及待地狼吞虎咽，他自己也放开肚皮大嚼特嚼起来——因为他和大家一样实在是太饿了。他绝对没想到这次回家的结果竟是如此圆满。他们边吃边谈，说了好些往事。田鼠们告诉他最近的新闻，尽量回答他提出的上百个

问题。河鼠则很少说话，他代替鼹鼠细心地招呼着每位客人，让他们想吃什么就吃什么，多吃一点，再多吃一点。

直到田鼠们唧唧喳喳地谢个不停告辞离开，他们每人的口袋里都塞满了带给弟弟妹妹的礼物。等送走最后一位客人，大门关上，手提灯的叮咚声渐渐远去时，鼹鼠和河鼠把炉火拨旺，拉过椅子来，给自己热好睡前的最后一杯甜酒，开始回顾这漫长一天的种种事情。最后，河鼠打了个大大的呵欠，说："鼹鼠，我实在是累了。那张床是你的对吧？那我就睡这张床了。这是一间多么棒的小屋啊！样样东西都那么方便顺手！"

河鼠爬上床，用毯子把自己紧紧裹住，立刻就进入了梦乡的怀抱，就像一把大麦落进了收割机的怀抱一样。

疲倦的鼹鼠也巴不得快点睡觉，他心满意足地把他的头枕到他的枕头上。不过在他眼睛闭上之前，他让它们再环顾了一下这房间。温暖的火光照亮了他所熟悉的东西，这些东西早就不知不觉地成了他的一部分，如今都在笑眯眯毫无怨言地迎接他回家。他现在的好心情，正是机智的河鼠悄悄地为他营造的。他清楚地看到这一切是多么平凡简陋，多么狭小；可同时他也清楚它们对他有多重要，是他最安全最舒心的避风港。他根本不想放弃新的生活和光辉的前景，根本不想离开阳光空气和它们所赐予他的一切欢乐，爬进地下，待在家里。

上面的世界太有吸引力了,他知道,他必须回到那个更大的舞台上去。不过想到有这么个地方可以回来,总是件好事。这地方完全是属于他自己的,不管他什么时候回来,这些东西总是会兴高采烈地欢迎他回家。

第六章　癞蛤蟆先生

初夏的一个晴朗的早晨。大河两岸已经重现原貌，河水恢复了往常的流速，火热的太阳仿佛用无数根细绳把万物从地下拔起，使它们变得绿油油、郁葱葱、高耸耸。鼹鼠和河鼠天一亮就起床，忙着为即将开始的游艇季节做准备，油漆船身、整理桨叶、修补坐垫、寻找不见的船篙等等。正在他们一边吃着早餐，一边讨论着今天的计划时，忽然听到一阵重重的敲门声。

"真讨厌！"河鼠满嘴都是鸡蛋，说道，"去看看是谁来了？"

刚吃好的鼹鼠起身去开门，河鼠听到他惊喜地喊了一声。随后，鼹鼠一下子打开客厅的门，郑重地宣布"獾先生驾到！"

这真是太令人感到意外了，獾竟会亲自登门拜访他们。

平时如果你急着要找他，你就得在清晨或黄昏时、趁他在树篱旁散步的时候去截住他，或者到原始森林深处他家去找他，总之都是件很不容易的事儿。

獾先生步子沉重地迈进房间，神情严肃地看着两位朋友。河鼠手里的蛋勺不由得落在了桌布上，嘴巴张得大大的。

"是时候了！"獾宣布道。

"什么是时候了？"河鼠瞟了一眼壁炉上的钟，不安地问。

"你还不如说是谁的时候到了。"獾继续说，"当然，是管束癞蛤蟆的时候到了！我说过，等冬天一过。我就要好好管管他，今天，我就是来管教他的。"

"对！那还用说！我们要把他管教成一只有理智的好蛤蟆！"鼹鼠高兴地叫道。

"昨晚我得到可靠的消息，"獾坐在一张扶手椅上接着说，"说就在今天早晨，又有一辆超级大马力的新车要开到癞蛤蟆庄园，由他选购，或者退货。说不定这会儿，癞蛤蟆已经穿上他那身心爱的难看得要命的开车服了，使他从一只还算好看的癞蛤蟆变成一个怪物，任何正派的动物见了都会吓晕过去的。我们得快点去阻止，要不就太迟了。你们两位得陪我去一趟癞蛤蟆庄园，一定要把他挽救回来。"

"说得对！"河鼠跳起来喊道，"我们要去拯救那个可怜虫！我们要帮他改邪归正！要把他变成守规矩懂事的癞蛤蟆！"

他们来到癞蛤蟆庄园的大车道时，果如獾所料，一辆闪光锃亮的、大型的、鲜红色（这是癞蛤蟆最喜欢的颜色）的新汽车正停在房子前面。他们走到门口时，大门猛地打开，癞蛤蟆先生戴着护目镜、鸭舌帽，穿着高筒靴和一件又肥又大的大衣，大摇大摆、神气活现地走下台阶，一边往手上戴他那副宽口的大手套。

"你们好！来得正好！"一看到他们，癞蛤蟆就高兴地叫道，"跟我一起去痛快……痛快……呃……去……痛快……"但当他发现三位朋友全都板着脸时，癞蛤蟆那热情洋溢的邀请变得结结巴巴，说不下去了。

獾大步走上前。"把他带进去。"他严肃地吩咐两位同伴说。癞蛤蟆一路挣扎、抗议着被拖到门里。獾转身对驾驶新车的司机说："今天恐怕用不着你了，癞蛤蟆先生已经改主意了，这辆车他不要了。请你明白，这是最后的决定，你不用再等了。"说完他径直走进屋，关上了大门。

"好了！"当他们四个站在门厅时，獾对癞蛤蟆说，"你先把这身可笑的东西脱下来！"

"我就不！为什么？"癞蛤蟆暴跳如雷地问，"你们到底想干什么？"

"那你们两个帮他脱！"獾简短地发出命令。

癞蛤蟆不住地又踢又蹦又骂，他们不得不把他按倒在地，才把他的奇装异服给脱了。河鼠骑在他身上，鼹鼠一件一件地扒下他的驾驶服,然后他们把他提起来。随着癞蛤蟆的全副精良披挂被剥掉,他那凛凛威风也消失了一大半。如今他只是一只癞蛤蟆,不再是公路霸王,他无力地格格笑着,求饶似地看看这个,又看看那个,像是彻底明白了他的处境。

"你知道,癞蛤蟆,早晚会有这一天的。"獾严厉地说,"我们给过你那么多劝告,你全当耳旁风。你毫无节制地挥霍你爸爸留下的家财。你开车横冲直撞,跟警察争吵,你在这一带败坏了我们动物的名声。独立自主固然好,可是我们不会听任朋友把自己变成傻瓜,你现在已经大大出格了。平心而论,你在许多方面都是挺好的,我也不愿对你过分严厉。我只想再做一次努力,帮你恢复理智。你跟我到吸烟室来,我们谈谈你近期的所作所为。等你从那房里出来时,看看走出来的是不是一个愿意改过自新的癞蛤蟆。"

他牢牢抓住癞蛤蟆的胳臂,把他拉进吸烟室,并随手带上了门。

"那有什么用!"河鼠不屑地说,"跟癞蛤蟆讲道理,根本治不了他的毛病。他总是有许多歪理。"

他俩坐在扶手椅上耐心地等着。透过紧闭的门,他们只听到獾没完没了的训话声。很快他们注意到,獾的训话声不时被拖长的呜咽声打断,这呜咽声显然是发自癞蛤蟆的内心,因为他是个重感情、软心肠的家伙,很容易——至少在目前来说——被任何劝导所改变。

大约过了三刻钟，门终于开了，獾庄严地牵着垂头丧气的癞蛤蟆走了出来。他的皮肤像口袋似的松垮垮地耷拉着，两腿摇摇晃晃，他被獾那感人肺腑的规劝打动了，满脸泪痕。

"坐下，癞蛤蟆。"獾指着一张椅子和蔼地说，"朋友们，我很高兴地告诉你们，癞蛤蟆终于认识到他的错误。他为过去的越轨行为由衷地感到自责，决心再也不玩汽车了。他向我做出了庄严的保证。"

"这真是个大好消息。"鼹鼠郑重其事地说。

"确实是个大好消息。"河鼠怀疑地说，"只要……只要……"

他说这话时，眼睛死死地盯着癞蛤蟆，仿佛看到在癞蛤蟆那仍然悲伤的眼睛里有种东西闪了一下。

"有件事现在必须得做。"甚感快慰的獾接着说，"癞蛤蟆，我要你当着这两位朋友的面，把你刚才在吸烟室里答应过我的话，庄严地重复一遍。第一，你为过去的行为感到后悔，你认识到那全是胡闹，是不是？"

好半天没声音。癞蛤蟆无可奈何地这边看看，那边望望，大家都在严肃地等着。最后，他终于开口了。

"不！"他轻声说，但态度很强硬，"我不感到后悔。那根本就不是什么胡闹！简直是了不起！"

"什么？"獾惊叫道，"你这只出尔反尔说话不算数的家伙！刚才，你是怎么对我说的……"

"对，我在那里说过，"癞蛤蟆不耐烦地说，"在那里我是什么都说了。亲爱的獾，你说得都有道理，说得那么感人，那么有说服力，你把你的看法讲得头头是道——在那里你可以要我怎样就怎样，这你知道。可是过后，我左思右想，把我做过的事细细琢磨了一遍，我发觉,我确实半点儿也不遗憾、不后悔。所以，说我遗憾悔过，根本没意义。是这个理儿不是？"

"这么说，你是不答应再也不碰汽车啦？"獾问。

"当然不答应！"癞蛤蟆斩钉截铁地说，"正好相反，我保证，只要我看到一辆汽车，噗噗，我就坐上去把它开走！"

"瞧，我早就说过了吧！"河鼠对鼹鼠说。

"那好，"獾站起来说，"既然你不听劝，我们就只好用强制手段了。我一直担心会走到这一步。癞蛤蟆，你不是总邀请我们三个来你这幢漂亮房子、跟你住在一起吗？现在，我们就住下了。直到哪天我们把你改好了，我们才会离开，否则就不走啦。你们两位，把他带上楼去，锁在卧室里，然后我们几个再来商量怎么办。"

癞蛤蟆连踢带踹地挣扎着，但还是被两位忠实的朋友拖上楼去。"癞蛤蟆，这都是为你好。"河鼠好心地说，"你想想，等你——等你完全治好了这场倒霉的疯病，我们四个就能像以前一样一块儿玩，该有多好呀！"

"癞蛤蟆，在你变好之前，我们会为你照管好一切的。"鼹鼠说，"我们不能看着你像过去那样乱花钱了。"

"再也不能由着你和警察胡闹了,癞蛤蟆。"他们把他推进了卧室。

"再也不让你在医院一住几星期,被那些女护士支来唤去了。"鼹鼠添上一句,便锁上了房门。

癞蛤蟆对着锁眼破口大骂。而他的三个朋友正在楼下开碰头会,商议对策呢。

"事情可不好办,"獾叹了口气说,"我从没见过癞蛤蟆这样死心眼儿。不过,我们一定要坚持到底,一分一秒都不能放松对他的看管。我们得轮流值班守护,直到他改邪归正为止。"

他们安排好了看守班次。每只动物夜间轮流睡在癞蛤蟆的卧室里,白天也分段看守。一开始,癞蛤蟆实在是很不好对付。他的毛病发作起来,甚至会把卧室里的椅子摆成汽车的样子,自己蹲在最前面,身子前倾,两眼紧盯前方,嘴里发出古怪可怕的叫声。狂热达到顶点时,他会翻一个大跟斗,倒在地上,摊开四肢躺在东倒西歪的椅子当中,似乎暂时得到了极大的满足。随着时间一天天过去,这种走火入魔的疯病发作的次数越来越少了。他的朋友们千方百计地想引导他把心思转移到别的方面,可是他对其他事物似乎一概没兴趣。他变得越来越萎靡不振、郁郁寡欢了。

又是一个晴朗的早晨,轮到河鼠值班,他上楼去接替獾。只见獾坐立不安,急着要出去散散步,遛遛腿,绕着他的树

林转一圈，到地下去走一遭儿。

他在门外对河鼠说："癞蛤蟆还没起床。他只是一个劲儿地说，'噢，别管我，我什么也不要。也许过不久我就会好的，到时候，毛病就会过去的，不必过分担心……'等等。河鼠，你要多加小心！每当癞蛤蟆变得安静下来，装出一副乖孩子的模样时，那也就是他最最狡猾的时候。他一定在搞什么鬼，我太了解他了。好，现在我得走了。"

"老伙计，今天感觉怎么样？"河鼠走到癞蛤蟆的床边愉快地问道。

他等了几分钟，才听到回答。一个软弱无力的声音答道："亲爱的河鼠，太谢谢你了！谢谢你来向我问好！不过请先告诉我，你好吗，鼹鼠好吗？"

"噢，我们都好。"河鼠很不谨慎地又加上一句，"鼹鼠跟獾一起出去散步了，要到吃午餐才回来。所以，今天上午就剩你跟我单独在一起了，我们要过得高高兴兴的。快跳下床来，好小伙。天气这么好，别愁眉苦脸地赖在床上了！"

"亲爱的，好心肠的河鼠，"癞蛤蟆低声咕哝，"你太不了解我了，我现在怎么可能'跳下床'呢？恐怕永远也不可能了！不过请不用为我发愁，我不愿成为朋友们的累赘，料想这也不会很久了。真的，我希望不会太久。"

"对，我也不希望。"河鼠诚恳地说，"这些日子，你害得我们好苦。我很高兴听到你说，这一切都将结束。特别

是天气这么好，划船的季节就要到了！癞蛤蟆，你实在太差劲了！倒不是我们嫌麻烦，而是你害得我们失去了这么多乐趣。"

"不过，恐怕你们还是嫌麻烦，"癞蛤蟆有气无力地说，"这一点我很能理解。我让你们操碎了心。我不该再给你们添麻烦了。我知道，我是个累赘。"

"你确实是个累赘。"河鼠说，"不过我告诉你，只要你能做回一只有理智的动物，天底下任何的麻烦事我都愿意为你做。"

"既然这样，河鼠。"癞蛤蟆更加虚弱地低声说，"那么我求你……也许是最后一次……尽快到村里去……可能已经太晚了……把医生请来。算了吧，别费心了……这事太麻烦。也许，还是听天由命吧。"

"请医生来干吗？"河鼠问。他凑到癞蛤蟆跟前，仔细观察他。癞蛤蟆确实直挺挺地躺在床上，声音越发微弱，神态也变了。

"你近来一定注意到，"癞蛤蟆喃喃道，"啊不，你怎么会注意到？那太麻烦了。也许到了明天，你就会说，'唉，我要是早注意到就好了！我当时要是想点办法就好了！'不不，那太麻烦了。哎，还是忘掉我求你的事吧。"

"听我说，"河鼠有点惊慌起来，"如果你真的需要医生，我自然会去请他来。可你还没病到那个地步呀，我们还是谈

点别的吧。"

"亲爱的,"癞蛤蟆惨笑着说,"碰到这种情况,'谈点别的'是没有用的。就连医生恐怕也无能为力了;不过,人到这个时候总想抓根最后的稻草不放。如果你打算去请医生,那就请你顺路把律师也请来,好吗?——我实在不愿再给你添麻烦了。"

"请律师!看来他的确是不行了!"①慌了神的河鼠自言自语地匆匆走出卧室,倒还没忘把门仔细地锁好。

到了屋外,他想那两位早就走远了,连个可以商量的人都没有。

"还是小心些好。癞蛤蟆过去虽然也有过无缘无故把自己的病想得很重,可还从没听他说要请律师呀!要是真没大病,医生会骂他是个大笨蛋,会给他打气的。我还是迁就一下他吧,再说跑一趟也用不了多久。"拿定主意后,他就向村子跑去。

一听到钥匙在锁眼里转动的声音,癞蛤蟆立刻轻轻跳下床,跑到窗口,急切地望着河鼠,直到车道上不见了他的踪影。接着,癞蛤蟆开心地放声大笑,火速穿上随手抓到的、最神气的一件衣服,从梳妆台的一只小抽屉里取出钱,塞满了所有的口袋。然后,他把床单扭起来结在一起,又把这根临时结成的绳子的一头牢系在窗框上。那漂亮的都铎王朝式的窗

---

① 河鼠以为癞蛤蟆要请律师来写遗嘱。

子，是他卧室最具特色的一景。他爬出窗口，顺着绳子轻轻滑到地上，吹着欢快的口哨，轻松地迈开大步、朝着和河鼠相反的方向扬长而去。

那顿午餐，河鼠吃得懊悔不已。獾和鼹鼠回来后，河鼠不得不在餐桌上对他们讲述了他那段难以置信的倒霉经历。獾的批评是何等的刻薄甚至粗暴，是可想而知的。就连竭力要站在朋友一边的鼹鼠，也不得不表示，"河鼠，这回你可是太糊涂了！癞蛤蟆当然更是糟糕绝顶了！"这些话深深刺痛了河鼠。

"他装得太像了！"河鼠丧气地说。

"他把你蒙骗到家了！"獾怒冲冲地说，"不过现在说什么都没用了。他肯定已经跑得很远了。最糟的是，他自作聪明，自以为了不起，什么荒唐事都干得出来。现在唯一的好消息是，我们自由了，不必再浪费时间为他站岗放哨了。不过我们最好还是在癞蛤蟆庄园多住些日子。癞蛤蟆随时都有可能回来——不是用担架抬回来，就是被警察押送回来。"

话虽是这么说，獾并不能预卜未来的吉凶祸福，也不知道要过多久，经历多少风险磨难，癞蛤蟆才能再回到他祖传的庄园。

这会儿，那个不负责任的癞蛤蟆，正在公路上轻快地走着，离家已经有好几英里了。起先他专拣小道走，穿过一块块田地，为了躲避追踪，换了好几次路线；现在，他觉得已经摆脱了被抓回去的危险,太阳正快活地冲他微笑,整个大自然都齐声合唱一首颂歌。他心满意足,自鸣得意,一路上几乎都在跳舞。

"干得真漂亮!"他格格笑着对自己说,"以智力反抗暴力,智力终究占了上风——这是必然的。可怜的河鼠!獾回来时,他还不得挨一顿好骂!河鼠是个好人,有许多优点,可就是缺少智慧,根本没受过教育。将来有一天,我要亲自培养他,看能不能把他调教出个模样来。"

他满脑子自高自大的念头,昂首阔步地往前走,一直来到一座小镇。大街上横悬着一个招牌——"红狮饭店",他这才想起,今天早餐还没顾上吃呢,走了这么远的路,肚子早都饿过头了。他大步走进这家饭店,点了饭店所能供应的最丰盛的午餐,在咖啡厅里坐下来吃。

刚吃到一半,从街上传来一个非常熟悉的声音,使他不由得浑身一震,哆嗦起来。汽车的噗噗声越来越近,转眼车子拐弯开进了饭店的院子里,停了下来。癞蛤蟆紧紧抓住桌腿,来掩盖他难以控制的激动。车上的一群人走进了咖啡厅。他们有说有笑,大谈那天上午的经历,和他们乘坐的那辆汽车的优良性能。癞蛤蟆竖起耳朵起劲地听了一会儿。他终于还是按捺不住,悄悄地溜出咖啡厅,到柜台付了账。一到外面,就悄悄转悠到院子里,心想,"就瞅一眼,就一眼!"

汽车就停在院子当中,根本没人照看,因为所有人都进屋吃饭去了。癞蛤蟆慢悠悠地围着它转了转，仔细打量着，品评着。

"不知道，不知道这种车容不容易发动？"一个念头从他心里闪过。

只一眨眼工夫，也不知怎么搞的，他已经握住了车把手，转了一下。一听到那熟悉的声响，过去的那种狂热立马袭来，统领了他全部的身心。他像做梦一样，不知怎地就坐到了驾驶座上，拉动了档杆，让车子在院里兜了一圈，然后驶出了大门。一时间，什么是非曲直、什么顾虑担忧，好像梦一般全都被抛到九霄云外去了。他猛踩油门，让汽车冲过街道，跃上公路，穿过田野。他只觉得自己又是癞蛤蟆了，是至高无上的癞蛤蟆，是恐怖霸王癞蛤蟆，是大路的征服者；在他面前，人人都得让路，否则便会被碾得粉碎，永不见天日。他一面驱车飞驰，一面引吭高歌，汽车也随之发出响亮的呜呜声；他漫无目的地开着，只顾满足他的本能，图个眼前痛快，至于下一步会遇到什么，则一概不闻不问。

"依我看，"首席法官快活地说，"这件案子已经十分清楚了，唯一的问题是，我们怎么才能严惩这个不思悔改的恶棍和不可救药的流氓。让我想想——他有罪，证据确凿、铁证如山：第一，他偷了一辆昂贵的汽车；第二，他胡乱驾驶，危害公众；第三，他对警察蛮横无理。书记员先生，请告诉我们，这三条中的每一条罪行，最严厉的惩罚是什么？当然，不能给犯人任何假定无罪的机会,因为根本不存在这种机会。"

书记员用他的钢笔刮了刮鼻子,说:"有人认为,最大的罪行是偷汽车,这无疑是对的。不过,冒犯警察,更应受到最严厉的惩罚。如果说,偷车罪应处以十二个月监禁——那是很轻的;疯狂驾驶应处以三年监禁——那也是宽大的;冒犯警察则应处以十五年监禁——根据证人的证词(哪怕我自己从不相信多于十分之一的证词),他的冒犯行为是十分恶劣的……把这三项罪名加在一起,总共是十九年……"

"好极了!"首席法官说。

"……您不如干脆凑它一个整数:二十年,这样更稳妥些。"书记员最后又加上一句。

"一个了不起的提议!"首席法官赞许道,"犯人!起来,站直了。这次要判你二十年监禁。记住了,下次再看到你出现在这里,不管你犯了什么罪,我们一定会重重惩罚你!"

于是,粗暴的警察一下子向倒霉的癞蛤蟆扑上来,给他戴上镣铐,拖出了法庭。他一路尖叫、祈求、抗议。他被拖着穿过市场。市场上那些游手好闲的公众,对通缉犯向来都表示同情和提供援助,而对已确认罪行的罪犯则向来是疾言厉色的。他们嘲笑他,向他扔胡萝卜,对他喊口号。他被拖着经过爱起哄的群众,他们每看到一位绅士陷入困境,天真的小脸上就露出喜滋滋的神色。他被拖着走过轧轧作响的吊桥,穿过布满铁钉的铁闸门,钻过狰狞的古堡里阴森可怖的

拱道,古堡上的塔楼高耸入云;穿过挤满了下班士兵的警卫室,他们冲他咧嘴狞笑;经过发出嘲弄的咳嗽的哨兵,因为当班的哨兵只许这样来表示他们对罪犯的轻蔑和嫌恶;走上一段转弯抹角的古老石级,经过身着钢盔铁甲的武士,他们从盔里射出恐吓的目光;穿过院子,院里凶恶的猛犬把皮带绷得紧紧的,爪子向空中乱抓,要向他扑过来;经过年老的狱卒,他们把兵器斜靠在墙上,对着一个肉馅饼和一罐棕色的麦酒打瞌睡;走呀走呀,走过拉肢拷问室、夹指室,走过通向秘密断头台的拐角,一直走到监狱最深处那间最阴森的地牢门前。门口坐着一个年老的狱卒,手里摆弄着一串又重又大的钥匙。就在这里,他们停了下来。

"喂,老家伙!"警官说着摘下头盔,擦了擦额头的汗,"醒醒,老懒虫,把这个坏蛋癞蛤蟆看管起来。他是个罪行累累、狡诈奸猾、诡计多端的罪犯。你要使出你的浑身解数看好他。警告你,灰胡子,万一出了事情,就要你这颗老人头……你和他都要遭殃!"

狱卒阴着脸点点头,把他枯干的手按在不幸的癞蛤蟆肩上。生了锈的钥匙在锁眼里轧轧转动,笨重的牢门在他们身后哐当一声关上了。就这样,癞蛤蟆成了整个快乐的英国最坚固的城堡里、最戒备森严最隐秘的地牢里的一名最没救的囚犯。

第七章 柳林风声

苔莺躲在河岸边黑幽幽的柳林中唱着轻柔的小曲。虽然已经过了夜里十点,午后闷热的暑气,在短短的仲夏夜清凉的手指地触摸下,渐渐消散了。鼹鼠伸开四肢躺在河岸上,正等着他的朋友回来。他一直在河边和几个伙伴一起游玩,让河鼠独自去水獭家赴一次安排已久的约会。鼹鼠回来时看到屋里黑洞洞的,空无一人,不见河鼠的踪影。河鼠准是在他那位老朋友家待晚了。屋内依然太热,根本待不住,鼹鼠就躺在外面凉快的酸梅叶子上,回味着这一天经历的种种事情,觉得特有意思。

很快就听到河鼠踏着轻盈的脚步过来了。"啊,真凉快呀!"他说着坐了下来,若有所思地望着河水。

"你在那边吃过晚餐了吧?"鼹鼠问。

"没办法,"河鼠说,"我说要回来,他们死活不放我走。你知道的,他们一向都那么热情,为我把一切都安排得周周到到,直到我离开为止。可我总觉得不是滋味,因为我看得出,尽管他们在竭力掩饰他们的不开心。鼹鼠,我担心他们是遇上麻烦了。小胖又失踪了。你知道,他爸爸是多么疼他,虽然他很少说出来。"

"那孩子不见了?就算他不见了,又有什么可担心的?他老是出去,走丢了,过后又回来了;他太爱冒险啦。幸好他从没遇上什么危险。这一带所有的居民都认识他,喜欢他,就像他们喜欢老水獭一样。总有哪只动物会遇上他,把他送回家的。你只管放心好啦。你瞧,我们自己也曾在好几英里以外找到过他,他还挺得意挺快活呢!"

"不错,不过这回挺严重的。"河鼠沉着脸说,"他已经失踪好几天了,水獭夫妇到处都找遍了,还是不见他的影子。方圆几里的每只动物他们也都打听过了,可都说不知道他的下落。水獭先生显然是急坏了,虽然他不肯承认这一点。他说小胖还没完全学会游泳,他担心会在那座河坝上出事。这个季节,那儿常有大量的水流出来,那地方对孩子总是很有吸引力的。而且,那儿还有——呃,陷阱呀什么的——这你也知道。虽说水獭不是那种容易无端为儿子担心的人,可他现在的确是感到惶惶不安了。我离开他家时,他送我出来,说是想透透气,伸伸腿脚。可我看得出来,不是那么回事,所以我拉他出来,一个劲地追问,才知他要通宵在浅滩那里守候着。你还记得那里吗?"

"记得。"鼹鼠说,"不过水獭为什么单挑那地方守候呢?"

"嗯,像是因为那是他第一次教小胖游泳的地方,"河鼠接着说,"靠近河岸有一处水浅的地方。他经常在那里教小胖钓鱼,小胖在那里捉到了他的第一条鱼,他一直为此感到非常自豪。那孩子喜欢那个地方,所以水獭认为,要是那可怜的小家伙还活着,在什么地方逛够了,他或许首先会回到他最喜欢的浅滩;要是他碰巧经过那里,想起那地方,他或许会停下来玩玩的。所以,水獭每晚都去那儿碰碰运气,哪怕只有一线希望!"

他俩沉默了一会,都在想着同样一件事——漫漫长夜里,那个孤独、忧伤的水獭,蹲在浅滩边,守候着、等待着……

"好了,好了,"河鼠说,"我想我们该进屋睡觉了。"说归说,他却没有一点想进屋的样子。

"河鼠,"鼹鼠说,"不干点什么,我真没法回屋睡觉。要不我们把船划出去,顺着河划上去。再过个把钟头,月亮就升起来了,那时我们就可以借着月光尽力去搜索……总比什么事不干就上床睡觉强呀。"

"我也是这样想的。况且,离天亮也不太久了,一路上,我们还可以向早起的动物打听有关小胖的消息。"

他们把船划出来，河鼠小心谨慎地划着。河心有一条狭长清亮的水流，它隐约地映照出天空。但两岸的灌木或树丛投在水中的倒影，看上去却如同河岸一样黑，因此鼹鼠只好凭经验把着舵。河上虽然一片漆黑，杳无人迹。可夜空中还是充满了歌声、低语声和窸窸窣窣的各种细小声响，说明那些忙碌的小居民都还没睡，通宵干着他们各自的工作，直到太阳最后落下来，打发他们回窝休息。河水本身的声音，也比白天来得响亮，那汩汩声出奇的近，他们不时被突如其来的叫声吓一大跳。

　　地平线与天空泾渭分明；一片银色的光辉越升越高，衬得地平线格外黝黑。最后，在恭候已久的大地的边缘，月亮庄严地徐徐升起，她摆脱了地平线，无羁无绊地悬在空中。这时，他们又看清了地面上的一切——广阔的草地、幽静的花园和整条河，全都柔和地展现在眼前，一扫神秘恐怖的色调，跟白天一样绚丽，不过又很不同。他们常去的老地方换上了一身皎洁的新装欢迎他们，含着微笑、羞怯地等着，看他们是不是还认识它。

　　两个朋友把小船系在一棵柳树上，上了岸，走进这静悄悄的银色王国，在树篱、树洞、地道、暗渠、水沟和干涸的河道里耐心地搜寻。然后他们又登上船，划到对岸去找。就这样一路沿着河找过去。月亮正静静地嵌在没云的夜空中，尽管离得那么远，却尽她的可能帮他们寻找；直到时间到了，她才不得不沉入地下，神秘又一次笼罩了田野和河流。

慢慢地这一切又发生了变化，地平线变得更清楚了。田野和树林清晰可辨，不过样子不同了，笼罩在上面的神秘气氛开始褪去。一只鸟突然鸣叫一声，接着又悄无声息了。一阵轻风拂过，吹得芦苇和香蒲沙沙作响。鼹鼠在划桨，坐在船尾的河鼠忽然坐直了身子，激动而聚精会神地竖起耳朵倾听。当他仔细盯着河岸看时，鼹鼠轻轻地划着，让船缓缓向前移动，他好奇地看着河鼠。

"没有了！"河鼠叹了口气，又倒在座位上，"那么美，那么神奇，那么新颖！可惜这么快就没了，还不如没听见。这声音唤起了我的渴望，恨不得再听到它，永远听下去，除了听它，别的什么似乎都没有意义了！它又来了！"他叫道，又一次竖起耳朵，他听得出神，好半晌不说一句话。

"声音又快没了，听不到了。"河鼠又说，"噢，鼹鼠！它多美呀！远处那悠扬婉转的笛声，那么纤细、清脆、欢快！这样的音乐，我从来没有梦想过。音乐固然甜美，可那呼唤更加强烈！往前划，鼹鼠，划呀！那音乐和呼唤一定是冲着我们来的！"

鼹鼠十分惊讶，不过他还是听从了。他说，"我可什么也没听到，除了芦苇、灯芯草和柳树林的风声。"

河鼠全神贯注、万分激动、浑身颤抖，全部心思被这新奇的、神圣的声音所控制，它用强有力的手紧紧抓住了河鼠无力抗拒的心灵，河鼠感觉自己像一个柔弱但幸福的婴儿在它强有力的怀抱里摇着、搂着。

鼹鼠默默地划着船，很快他们来到了河道分岔处，早就放下舵的河鼠把头轻轻一扬，示意鼹鼠向回流划去。天色越来越亮，他们已能辨别宝石般点缀着两岸的鲜花的颜色。

"越来越近，越来越清楚了。"河鼠欢喜地叫道，"现在你一定也听到了吧！啊哈！看得出来，你终于听到了！"

那流水般快活的笛声浪潮般向鼹鼠涌来，席卷了他，整个占有了他。他屏住呼吸，痴痴地坐着，忘掉了划桨。他看到了同伴脸颊上的泪水，低下头来，明白了。他们停在那里好一会儿，任凭岸边的紫色的黄莲花在他们身上拂来拂去；接着，伴随着醉人的旋律而来的，是清晰而迫切的召唤，引得鼹鼠身不由己，又痴痴地俯身划起桨来。天更亮了，但是黎明时分照例听到的鸟鸣，却没有出现；除了那美妙的天籁，万物都静得出奇。

他们的船继续向前滑行，两岸大片丰茂的草地，在那个早晨显得无比清新，无比青翠。他们从没见过这样鲜艳的玫瑰，这样浓密的垂柳，这样芳香的绣线菊。再往后，前面河坝的隆隆声已在空中轰鸣。他们意识到此行的终点已经不远了。不管前面将是什么，它正在迎候着他们的到来。

这巨大的水坝把整条回流拦断，形成一个宽阔而明亮的半圆形绿色水坡，漩涡和一道道泡沫扰乱了整个平静的水面，用它庄严和使人安静的轰轰声盖过了所有的声响。在水坝那闪光的臂膀的环抱中，安卧着一个小岛，岛的四周围着柳树、白桦和赤杨。它沉默、含羞，可是充满深意，用一层轻纱把它要藏匿的东西遮掩起来，等待适当的时刻，才向那应召而来的客人坦露。

两只动物怀着某种庄严的期待，毫不迟疑地把船划过那喧嚣动荡的水面，停泊在小岛鲜花似锦的岸边。他们悄悄上了岸，拨开花丛、芳香的野草和灌木林，来到一片绿油油的小草坪，草坪四周，环绕着大自然自己的果树——酸苹果、野樱桃、野刺李。

"这是我的梦乡，是音乐为我奏响的地方。"河鼠迷离恍惚地喃喃道，"在这里，在这块神圣的地方，也只有在这里，我们才会找到'他'！"

鼹鼠顿生敬畏之情，这种感觉使他全身肌肉变得松软，使他的头垂下来，双脚像在地上生了根。这不是一种惶恐的感觉——实际上，他的心情异常宁静快乐——那是一种袭上心头并且紧紧抓住了他的敬畏感，虽然他看不见，心里却明白，一个神圣的精灵就近在眼前。他费力地转过身去找他的朋友，只见河鼠诚惶诚恐地站在他旁边，浑身剧烈地哆嗦着。四周栖满了鸟雀的树枝上，依旧悄无声息。天色，也越来越亮了。

笛声现在虽已停止，但那种召唤，仍旧那么强有力，那么刻不容缓；鼹鼠仍旧连抬眼看一看都不敢。他服从召唤战战兢兢地抬起谦卑的头,就在破晓前那无比纯净的氛围里,大自然焕发着她那鲜艳绝伦的绯红,仿佛正屏住呼吸,等待着这件大事——就在这一刻,鼹鼠直视那位朋友和救主的眼睛。他看到一对向后卷曲的弯弯的犄角,在晨光下发亮;他看到一双和蔼的眼睛,诙谐地俯视着他俩,慈祥的双眼间一只刚毅的钩鼻。一张藏在胡须下的嘴,嘴角似笑非笑地微微上翘;一条肌肉起伏的胳臂,横在宽厚的胸前,修长而柔韧的手,仍握着那支刚离开唇边的牧神①之笛。毛蓬蓬的双腿线条优美,威严而安适地盘坐草地上;而偎依在老牧神两蹄之间的,是水獭小胖那圆滚滚、胖乎乎、稚嫩的小身子,他正安逸香甜地熟睡。就在这屏住呼吸心情紧张的一瞬间,他看到了呈现在晨曦中的这幅鲜明的景象。他活着看到了这一切,因为他还活着,他感到十分惊讶。

"河鼠,"好不容易才缓过劲来的鼹鼠悄悄说,"你害怕吗?"

"害怕?"河鼠的眼睛闪烁着难以言表的敬爱,喃喃道,"怕他?噢,当然不!不过……不过,我还是……有点害怕!"

接着两只动物趴在地上,低下他们的头膜拜。

骤然间,对面的天边升起一轮金灿灿的太阳。第一道光芒直射他们的眼睛,晃得他们眼花缭乱。等到他们再想看清楚时,那神奇的幻影已经消失了,只听得空中回荡着百鸟欢

---

① 牧神,希腊神话中人身羊足,头上有角的畜牧神。

迎黎明的颂歌。

他们茫茫然凝望着，慢慢地意识到，转瞬就失去了他们所看到的一切，一种说不出的难过袭上心头。一阵任性的微风从水面飘来，摇动着白杨，抚摸着含露的玫瑰，吹拂着他们的脸，随着和风轻柔地触摸，顷刻间，他们忘掉了刚才的一切。这是好心的神小心地赐予了他曾现身相助的动物的最后，也是最好的礼物——遗忘。为了不让那令人敬畏的印象久久滞留在记忆中，给欢乐投下阴影，损害那些被他从困境中解救出来的小动物以后的生活，忘掉这些，是为了让他们依然像从前那样轻松和快乐地生活。

鼹鼠揉了揉眼睛，愣愣地望着一脸茫然的河鼠，问："对不起，河鼠，你说什么来着？"

"我想我是说，"河鼠慢吞吞地回答，"这才是我们要找的地方，我们应该会在这里找到他。瞧！那不是他吗，那个小家伙！"河鼠欢呼着向那沉睡的小胖跑过去。

可是鼹鼠还愣愣地站着想他的心事。就像一个人突然从美梦中惊醒，拼命要把梦中的事想起来，可又什么也想不起来，只是模模糊糊地感到那个梦很美——美极了！接着连那一点儿记忆也消失了。做梦人只好无奈地接受那冷酷的梦醒了的事实及其苦恼。鼹鼠苦苦地回忆一阵之后，伤心地摇摇头，跟着河鼠去了。

小胖醒来时，一眼就看到爸爸的两位好朋友（过去他们

常跟他人一起玩），他快活地扭动着身体。不过一下子他的脸上就露出茫然的神色，转着圈儿像是在寻找什么，鼻子里发出哀叫声。他像一个在妈妈怀里甜甜入睡的小孩，醒来时，却发现自己一个人躺在一个陌生的地方，就到处寻找，找遍了所有的角落和柜子，跑遍了所有的房间，心里感到越来越失望。小胖固执地搜遍了整个小岛，最后他完全绝望了，坐在地上哇哇痛哭起来。

鼹鼠赶紧跑过去安慰小家伙，可河鼠却久久地注视着草地上一些深深的蹄印。

"一个……很大的……动物……曾经来过这里。"他若有所思地慢慢说。他站在那里，思索着，好像答案就在嘴边。

"快来呀，河鼠！"鼹鼠喊，"想想可怜的老水獭吧，他还在浅滩苦等呢！"

他们答应小胖，将会带他乘河鼠先生的小船在河上游玩一番，小胖很快就不哭了。他们领着小胖来到水边，让他上船，安安稳稳地坐在两人当中，划着船往回流下游走。这时候太阳已经升得老高，晒得他们暖洋洋的，小鸟响亮地开怀歌唱，两岸的鲜花冲他们微笑点头。可不知怎的——他们觉得——这些花儿总比不上最近在什么地方见过的鲜花那样绚丽多彩，只是他们就是想不起来是在哪儿见到的。

又来到主河道了。他们掉转船头逆流而上，朝他们的朋友正焦急守候的地方划去。快到那个熟悉的浅滩时，鼹鼠把船划到岸边,他们把小胖从船上举起来,放到岸上,又在他背上拍了拍,算是友好的道别,然后把船划到了河中央。他们看着小家伙高高兴兴、摇摇摆摆地顺着小路走,只见他猛地抬起鼻子,蹒跚的步子一下子变成了跌跌撞撞的小快步,尖声哼哼着,扭动着身子,像是认出什么来了。他们向上游望去,只见老水獭一跃而起,纵身窜出他耐心守候的浅滩,神情紧张又严肃。他连蹦带跳,跑上柳林小道,发出一连串又惊又喜的叫声。这时,鼹鼠把一只桨重重地一划,掉转船头,听任那荡荡的河水把他们冲向任何地方,因为,他们搜寻小水獭的任务已圆满完成了。

"河鼠,好奇怪。我感到累极了。"鼹鼠有气无力地伏在桨上,由着船顺水漂流,"你也许会说,这是因为我们一夜没睡,可那根本算不了什么。每年这季节,我们每星期总有半数夜晚是不睡觉的。不,我觉得像是刚刚经历过一场惊心动魄的大事情。可是,又没有发生过什么特别的事情。"

"或者是什么非常惊人、非常了不起、非常美好的事情。"河鼠仰靠着,闭上眼睛喃喃地说,"我的感觉跟你一样,鼹鼠,简直累得要命,不过不是身体累。幸亏我们有这条河,它可以把我们送回家去。太阳晒到身上,暖融融的,一直暖到骨头里,多惬意呀!你听,风又在芦苇丛里吹曲了。"

"像音乐……遥远的音乐。"鼹鼠昏昏欲睡地点着头说。

"我也这么想。"河鼠慢悠悠懒洋洋地说,"舞蹈音乐——

那种节拍轻快又绵绵不绝的音乐……音乐中还带着歌词……时而有，时而又没有……我断断续续能听到几句……这会儿又成了舞蹈音乐……又什么也听不到了，只剩下芦苇轻柔的簌簌声。"

"你耳朵比我好，"鼹鼠难过地说，"我听不见歌词。"

"让我来试试看，把歌词念给你听，"河鼠依然闭着眼睛轻声说，"现在歌词又有了……声音很弱，但很清楚……'为了不使敬畏长存你心中——不使欢乐变忧愁——你将在我帮助你时看到我的力量——但事后你将会忘记！——忘记吧，忘记——'声音越来越弱，直到变成了沙声和低语。接着，歌词又回来了……'为了不使手脚红肿割破——我松开设下的陷阱——陷阱松开时，你们就能把我瞥见——因为你们将会忘记！'鼹鼠，把船划近些，靠近芦苇！歌词很难听清，而且越变越弱了。'我是救援者，我是治疗者——我找到山林里迷路的小动物，为他们包扎伤口——让他们把一切忘记！'划近些，鼹鼠，再近些；不行，没有用了；那歌声又消失，变成了芦苇的簌簌声。"

"可是，这歌词是什么意思？"鼹鼠迷惑不解地问。

"我也不知道。"河鼠坦白说，"我听到什么，就告诉你什么。啊！歌声又回来了，这回又响亮又清楚！这回绝对错不了，简单、热情、完美！"

"让我也听听。"鼹鼠耐心地等了几分钟，在炽热的阳

光下已经昏昏欲睡了。

　　可是没有回答。他瞅了河鼠一眼，这才明白为什么没有回答。困倦的河鼠，脸上带着快乐的微笑，保持着侧耳倾听的样子，美美地睡着了。

第八章　逃离铁窗

话说癞蛤蟆被关进了一个阴森森、臭烘烘的地牢,他知道,这座暗无天日的中世纪城堡,把他和外面的世界隔绝开来了。那个阳光灿烂、碎石子道路纵横交错的外面世界,他不久前还在那儿尽情玩乐、好不快活,就像全英国的道路都被他买下了似的。想到这里,他一头扑倒在地上,流下了痛苦的眼泪,完全陷入了绝望。

"一切全完了,"他哀叹道,"至少是我癞蛤蟆的一生完了,反正都一样。那个受人欢迎、英俊潇洒的癞蛤蟆,富有好客的癞蛤蟆,自由自在、无忧无虑、兴高采烈的癞蛤蟆,完了!我胆大妄为,偷了人家如此漂亮的汽车,又厚着脸皮,粗暴无礼,对一大帮面色红润的胖警察胡说八道,坐牢是我罪有应得,哪还有获释的希望!"抽泣噎住了他的喉咙,"我真是一个蠢东西！现在，我只有在这个地牢里苦熬岁月。直到那些曾经以认识我为荣的人，连我癞蛤蟆的名字都给忘了为止！噢，老獾多明智呀，河鼠多机灵呀，鼹鼠多懂事呀！你们的判断是多么正确！你们看人看事，多透彻呀！唉，我这个不幸的、被抛弃的癞蛤蟆呀！"他就这样昼夜不停地哀叹，一连过了好几个星期，不肯吃饭，也不肯吃茶点。那位板着面孔的老狱卒知道他的口袋里装满了钱，于是一个劲儿提醒他，只要肯出钱，就能为他从监狱外面搞到许多好东西，甚至还有奢侈品，可他就是不理不睬。

这狱卒有个女儿，是位心地善良的可爱姑娘。经常帮着爸爸干点轻便杂活。她特别喜欢动物，她有一只金丝雀，鸟笼每天就挂在厚厚的城堡墙上的一枚钉子上。鸟的鸣唱，吵得那些想在午餐后打个盹儿的犯人苦恼不堪。夜晚，鸟笼就用布罩罩着，放在厅里的桌子上。她还养着几只花斑鼠和一只转个不停的松鼠。这位好心的姑娘很同情癞蛤蟆的悲惨遭遇。有一天，她对爸爸说："爸爸！我实在不忍心看着那只可怜的癞蛤蟆那么难过，您瞧他多瘦呀。让我来照料他吧。您知道，我是多么喜欢动物。我要亲自喂他东西吃，让他坐起来，干各种各样的事。"

她爸爸回答说，随便！因为他已经烦透了癞蛤蟆。他讨厌他那副阴阳怪气、装腔作势的样子。

"好啦。癞蛤蟆，打起精神来。"她一进癞蛤蟆的牢门就说,"坐起来,擦干你的眼泪,做个懂事的癞蛤蟆。试试看,吃点东西吧。瞧,我给你拿来了一些我做的饭菜,刚出炉的,还热着呢。"

这是用两只盘子扣着的一份油煎土豆卷心菜,香气四溢,充满了狭小的牢房。癞蛤蟆正惨兮兮地伸开四肢躺在地上,卷心菜那股沁人心脾的香味钻进了他的鼻孔,一时间让他感到,生活也许并不像他想象得那样空虚和绝望。不过,他还是哭个没完,踢蹬着两腿,拒绝进食。于是那聪明的姑娘暂时退了出去,不过她带来的热菜的香气还留在牢房里。

癞蛤蟆一边哭一边闻,渐渐地想到了一些振奋人心的新念头:想到骑士气概、诗歌,还有那些等着他去完成的业绩;想到广阔的草原,阳光下,微风里,在草地上吃草的牛羊;想到菜园,笔直的树蓠,被蜜蜂团团围住的暖融融的金鱼草;还想到癞蛤蟆庄园里餐桌上碗碟那悦耳的叮当声,和人们拉拢椅子就餐时椅子脚擦地的嚓嚓声。狭小牢房的空气中仿佛蒙上了玫瑰色,他开始想到他的朋友们,他们准会设法营救他;他想到律师,他们一定会对他的案子感兴趣的。噢,真是太蠢了!当时为什么不请几位律师;最后,他想到自己的绝顶聪明和足智多谋,只要肯动动自己那伟大的头脑,世间万事他都能办到。想到这里,他的心情差不多好了。

几个钟头以后,那姑娘又回来了,手里端着一个托盘,盘里放着一杯热气腾腾、香气扑鼻的茶,还有一盘堆得老高的热黄油烤面包。面包片切得厚厚的,两面都烤得焦黄,熔化的黄油顺着面包的孔眼直往下滴,变成金黄色的大油珠,就像蜂房里淌出来的蜜。黄油烤面包的香味简直在跟癞蛤蟆说话——说到温暖的厨房,晴朗的霜晨的早餐;说到冬天黄昏漫步归来,穿拖鞋的脚搁在壁炉的围栏上,向着一炉舒适的旺火取暖;说到心满意足的猫儿打着呼噜,昏昏欲睡的金丝雀打了个激灵。癞蛤蟆又一次坐起身来,他擦干眼泪,喝起了茶,吧嗒吧嗒嚼他的烤面包,很快就开始打开话匣子对姑娘谈起了他自己,他住的房子,他在那里都干了些什么,他是一位何等显要的人物,有多少朋友在想着他。

狱卒的女儿看到这个话题像茶点一样,对癞蛤蟆确实起了作用,就鼓励他说下去。

"给我说说你的癞蛤蟆庄园吧,"她说,"那里一定很美。"

"癞蛤蟆庄园嘛,"癞蛤蟆骄傲地说,"是一所无与伦比的独门独户的绅士府邸。它建于十四世纪,可如今安装了全套的现代设备,有最新款式的卫生设备。到教堂、邮局和高尔夫球场都只要走五分钟就到了。适合于……"

"天啊,"姑娘大笑着说,"我可不想买房子。给我讲讲房子里的具体情况吧。不过先等一下,我再给你拿点茶和烤面包来。"

很快她又端来一盘吃的。癞蛤蟆狼吞虎咽地埋头吃烤面包,精神多少恢复过来了。他给她讲他的船舱、鱼塘和墙里

的菜园；讲他的猪圈、马厩、鸽房和鸡舍；讲他的牛奶棚、洗衣房、瓷器柜、熨衣板（这玩意她特喜欢）；讲他的宴会厅，他怎样招待别的动物围坐餐桌旁，而他癞蛤蟆如何意气风发，神采飞扬，又唱歌又讲故事，诸如此类。接着，她又要他谈他的动物朋友们的情况，津津有味地听他讲他们怎样生活，怎样娱乐消遣……姑娘都听得兴致盎然。当然，她没有说她虽然喜欢动物，但只是把它们当成宠物，因为她知道那会让癞蛤蟆非常生气。最后，她给他把水罐盛满，把铺草抖松，向他道了晚安。这时的癞蛤蟆几乎已经变成了原先那个沾沾自喜、洋洋得意的癞蛤蟆了。他唱了一两支他在宴会上常唱的小曲儿，就在干草上蜷曲着身子，美美地睡了一夜，还做了些愉快的梦。

打那以后，在一个个沉闷的日子里，他们经常在一起谈论许多有趣的话题。狱卒的女儿越来越替癞蛤蟆难过，觉得这么一只可怜的小动物，为了一次微不足道的过失就被锁在牢里，实在太不应该了。而癞蛤蟆呢，他的虚荣心又抬头了，以为她关心自己，是出于对自己滋生了恋情。他忍不住感到有点可惜，他们之间社会地位太悬殊，因为她是个挺招人喜欢的姑娘，而且显然已对他一往情深。

有天早上，那姑娘好像心事重重的，和他说话总是心不在焉。癞蛤蟆觉得他那妙语连珠、才华横溢的评论并没引起她应有的注意。

"癞蛤蟆,"她开门见山地说,"你仔细听着。我有个姑妈,是个洗衣妇。"

"好啦,好啦,"癞蛤蟆温文和蔼地说,"这没关系,别去想它啦。我也有好几位姑妈,本来也应该当洗衣妇的。"

"你安静一会儿,癞蛤蟆,"那姑娘说。"你太多嘴多舌了,这是你的大毛病。我正在考虑一件事情,你搅乱了我的思路。我刚才说,我有位姑妈,她是个洗衣妇。她替这所监狱里所有的犯人洗衣服——我们照例总把这类来钱的活儿留给自家人,这你明白。她每星期一上午把要洗的衣服取走,星期五傍晚再把洗好的衣服送回来。今天是星期四。你瞧,我有办法了:你很有钱——至少你一直跟我这么说——而她很穷。几英镑对你来说不算什么,可对她就是一大笔钱。我想,如果好好跟她商量商量——买通她。我的意思是,你们也许可以做成一笔交易:她让你穿上她的衣服,戴上她的帽子什么的。你呢,装扮成官方认可的洗衣妇,就可以混出监狱。你们俩有许多地方挺相像——特别是你们的身材。"

"我和她根本不像,"癞蛤蟆没好气地说,"我身材多完美呀——就癞蛤蟆而言。"

"我姑妈也一样——就洗衣妇而言。"姑娘说,"随你的便。你这个讨厌的、骄傲的、不知好歹的家伙!我是为你难过,想帮你的忙!"

"好了好了,多谢你的好意。"癞蛤蟆连忙说,"不

过,你绝不能让癞蛤蟆庄园的癞蛤蟆先生装扮成洗衣妇到处跑吧!"

"那你就老老实实待在这儿,做你的癞蛤蟆先生去吧。"姑娘怒冲冲地说,"我想你是要坐一辆四匹马拉的马车才肯出去吧!"

癞蛤蟆总是乐于随时做好认错的准备,他说:"你是一位善良聪明的好姑娘,我确实是一只骄傲愚蠢的癞蛤蟆。请把我介绍给你尊敬的姑妈吧。我敢肯定,这位了不起的太太和我一定能商量出令双方都满意的协议来的。"

第二天傍晚,姑娘把她的姑妈带进癞蛤蟆的牢房,她手里还拿了一大包本周要洗的衣服。因为事先已经向老太太打过招呼,而癞蛤蟆又细心周到地把一些金币放在桌上显眼的地方,于是无需多费唇舌就成交了。癞蛤蟆的金币换来了一件印花棉布长袍、一条围裙、一块披巾,还有一顶褪了色的黑布女帽。老太太提出的唯一条件就是把她的嘴堵上,捆绑起来,扔在墙角。她解释说,凭着这样一种不太可信的伪装,加上她自己编造的一套有声有色的情节,她希望能保住自己的饭碗,尽管事情显得十分可疑。

癞蛤蟆欣然接受了这个建议。这可以使他的越狱多少显得有点气派,而不辱没他亡命之徒的英名。于是他马上帮助狱卒的女儿,把她的姑妈尽量伪装成一个无辜受害者的样子。

"现在,该轮到你了。"姑娘说,"脱掉你的上衣和西装背心,你已经够胖了。"

她一边笑得前仰后合,一边动手给癞蛤蟆穿上印花棉布长袍,把披巾照洗衣妇的样子给他披上,又把褪色的女帽带子系在他的下巴底下。

"你跟她简直是一个模子里出来的。"她咯咯地笑着说,"只是我敢说,你这辈子还从没这么体面过。好,再见了,癞蛤蟆,祝你好运!顺着你进来时的路一直走,要是有人跟你说话——你当然也可以跟他们打打趣儿,不过要记住,你是一位寡妇,孤零零一个人活在这世上,可不能丢了名声呀。"

癞蛤蟆揣着一颗怦怦乱跳的心,迈着尽可能坚定的步子,小心翼翼地走出牢房,开始一场看起来最轻率又最危险的越狱行动。不过,他很快就惊喜地发现,一路上竟是那么顺利,可是一想到他的这份好人缘,以及造成这种好人缘的性别,实际上都是另外一个人的,又不免多少感到屈辱。洗衣妇的矮胖身材,她身上那件人们熟悉的印花长袍,对每扇上了闩的小门和森严的大门,仿佛就是一张通行证。甚至在他左右为难,不知该往哪边拐时,下一道门的卫兵就会帮他摆脱困境,高声招呼他快些过去。因为那卫兵急着要去喝茶,不愿整夜在那儿守着。主要的危险,倒是他们老拿俏皮话跟他搭讪,他自然不得不迅速做出回应。因为癞蛤蟆是个自尊心很强的动物,他们的那些俏皮话,在他看来都很低级庸俗,毫无幽默感可言。不过尽管十分困难,他还是忍住气,使自己的回

答适合对方和他假扮的身份，尽力说得不露马脚。

简直像过了好几个小时，他才穿过最后一个院子，拒绝了最后一位看守发出的盛情邀请，躲开了他佯装要和他拥抱告别而伸出的双臂。当他终于听到监狱大门上的边门在他身后"咔哒"一声关上，感到外面世界的新鲜空气吹拂在他焦急的脑门上时——他知道，他已经自由了！

这次疯狂的越狱竟如此轻易地获得了成功，让他觉得昏头昏脑。他朝镇里的灯光快步走去，根本不知道下一步该怎么办。脑子里只有一个念头，就是必须尽快离开这一带，因为他被迫装扮的那位太太在这里熟人太多了。

他边走边想，忽然发现不远处闪着红绿灯光，还听到火车头的喷汽声和货车厢转轨的哐当声。"啊哈！"他想，"火车站！我的运气实在是太好了。省得我在镇上到处找它，还要编好些伤自尊心的谎话去应付那些根本就不认识的家伙。"

癞蛤蟆到了火车站，查看了时刻表，找到一趟半小时后朝他家方向开的火车。"交好运了！"癞蛤蟆来了精神，忙到售票处去买车票。

他报了离癞蛤蟆庄园最近的车站的名称，习惯性地把手伸进背心口袋里去掏钱。那件棉布长袍，直到这一刻仍然在忠实地为他效劳，他却把它忘掉了。现在这件长袍妨碍他把钱掏出来。像做噩梦似的，他拼命撕扯那怪东西，可那东西仿佛抓牢了他的手，还不住地嘲笑他。排在他后面的许多旅客等得不耐烦了，七嘴八舌地催他快点。最后……终于……他总算是摸到了他装钱的地方，却发现非但没有钱，连装钱的口袋也没有，甚至连装口袋的背心也没啦！

他惊恐万分，这才想起他把他的上衣和背心，连同他的钱包、钱、钥匙、表、火柴、铅笔盒，一切的一切，全都留在地牢里了。正是这些东西，使一个拥有许多口袋的动物、造物主的宠儿，有别于单口袋或无口袋的低等动物——他们只配凑合着蹦蹦跳跳，却没有资格参加真正的竞争。

他狼狈不堪，只得孤注一掷，他立刻摆出他原有的优雅风度——一种乡村绅士和名牌大学院长兼有的派头，说："对不起！我忘带钱包了，能先把票给我吗？明天我就差人把钱送来。我在这一带可是位知名人士。"

售票员盯着他和他那顶褪色的黑布女帽看了一会儿，然后哈哈大笑。"我想你在这一带一定会出名的，要是你老耍这套鬼花招。好了，太太，请你离开窗口，你妨碍别的旅客买票了！"

一位已经在他后背戳了好一阵子的老绅士，干脆把他推到一边，更可气的是，还管癞蛤蟆叫他的好太太，这比今晚发生的任何事都更令他恼火。

他漫无目的地沿着火车停靠的月台往前走，眼泪顺着两腮滚落下来。心想，眼看就要脱险，想不到就因为少了几个该死的先令，因为售票员的斤斤计较、故意刁难，就全告吹

了,太倒霉了!他逃跑的事很快就会被发现。跟着就是追捕,被抓住;被臭骂一顿,戴上镣铐,拖回监狱,又回到那面包加白水加稻草地铺的苦日子,还有等着他的加倍看管和刑罚。那姑娘该怎样嘲笑他啊!可他天生不是个飞毛腿,跑不快,他的体形不幸又很容易被认出来。怎么办?能不能藏在车厢的座位底下呢?他见过小学生,把父母给的车钱全都花在别的用途上,就用这办法逃票,他是不是也能如法炮制?他一边合计着,不觉已走到一辆火车头跟前。一位壮实的司机,一手拿着油壶,一手拿着团棉纱,正准备给机车擦拭,上油。

"你好,大娘!"司机说,"出了什么事儿?"

"唉,先生。"癞蛤蟆说着就又哭了起来,"我是个不幸的穷洗衣妇,我把我的钱全弄丢了,没钱买火车票,可我今晚非得赶回家不可,我真不知该怎么办才好。噢,天啊!"

"太糟糕了。"司机思索着说,"钱丢了……回不了家……家里一定还有几个孩子在等你吧?"

"一大帮孩子。"癞蛤蟆哭着说,"他们准要挨饿的……要玩火柴……要打翻油灯,这帮不懂事的小不点儿!他们会吵架,吵个没完。噢,天啊!"

"我给你出个主意怎样?"好心的火车司机说,"你说你是洗衣妇。我呢,你瞧,是个火车司机。开火车可是个脏活,我穿脏的衬衣一大堆,我太太洗都洗烦了。要是你回家以后,替我洗几件衬衣,洗好给我送来,我就让你搭我的火车头。

虽然这违反了公司的规章制度，不过在这种偏僻的地方，要求不需要那么严。"

癞蛤蟆立刻转忧为喜，起劲地爬上火车头。自然啰，他这辈子连一件衬衣也没洗过，就是想洗也不会，所以，他压根儿就不打算洗。不过他想，"等我平安回到癞蛤蟆庄园，有了钱，有了盛钱的口袋，我就给司机送钱去，够他洗好些衣服的，那还不是一样，说不定更好呢。"

信号员扬了扬那面通知发车的小旗，火车司机拉响了快活的汽笛，火车隆隆地驶出了站台。车速越来越快，癞蛤蟆看到两旁的田野、树丛、矮篱、牛、马，飞一般地从他身边闪过。他想到，每过一分钟，他就离癞蛤蟆庄园更近，想到他那些亲爱的朋友、衣袋里叮当作响的钱币、软软的床、美味的食物，想到人们对他的历险故事和过人的聪明齐声赞叹……想到这一切，他禁不住又蹦又跳，大声地唱起歌来。火车司机大为吃惊，他以前偶尔也遇到过一些洗衣妇，可是从来没有碰到过一位像这样的。

他们驶过了许多英里，癞蛤蟆已经在琢磨到家后晚餐吃什么。可他注意到司机带着一脸的迷惑，把头探出窗外，用心听着什么。接着，他又爬上煤堆，越过车顶向后张望。一回到车里，他就对癞蛤蟆说："奇怪，今晚这条线上，我们是最后一班车，可是我敢发誓，我听到后面还有一辆车！"

癞蛤蟆马上收起了他轻浮的滑稽动作，变得忧郁起来，

脊梁骨的下半截一阵隐隐的痛感，一直传到两腿，使他只想坐下来，尽力不去想各种可能发生的事。

这时皓月当空，司机设法在煤堆上停稳了，可以看清他们后面很远的地方。

他立刻喊道："我现在看清楚了！是一辆火车，跑在我们这条铁轨上，像是在追我们！"

可怜的癞蛤蟆蜷缩在煤灰里，绞尽脑汁地想脱身之计，可就是一筹莫展。

"他们很快就会追上我们！"司机说，"火车头挤满了一大群古怪的人！有的像古代的狱卒，挥舞着戟；有的是戴钢盔的警察，挥着警棍；还有一些是穿得破破烂烂戴高礼帽的人，拿着手枪和手杖，即使隔这么远，也可以断定那是便衣侦探；所有的人都挥着家伙，喊着同一句话：'停车，停车，停车！'"

癞蛤蟆一下子跪在煤堆里，举起紧握的爪子哀求道："救救我吧，求你，亲爱的好心的司机先生，我向你坦白一切！我不是什么洗衣妇！也没有什么天真的或者淘气的孩子在家等我！我是一只癞蛤蟆……是人人皆知、大名鼎鼎的癞蛤蟆先生，我是一位庄园主。我凭着极大的勇气和智慧，刚刚从一座恶心的地牢里逃了出来。我坐牢，是由于仇人陷害。要是再给那辆火车上的人抓住，我这只可怜、不幸、无辜的癞蛤蟆，就会再次陷入戴枷锁、吃面包、喝白水、睡干草的悲惨境地！"

　　火车司机恶狠狠地看着他说："你老实告诉我，到底为什么坐牢？"

　　"也没什么大不了的事。"可怜的癞蛤蟆满脸通红地说，"我只不过在车主吃午餐的时候，借用一下他们的汽车；他们当时用不着它。我实在没有偷车的意思，真的；可是有些人——特别是地方官们——竟把这种鲁莽行为看得十分严重。"

　　火车司机严肃地说："也许你就是一只坏癞蛤蟆，我本该把你交出去。不过你显然已经是受了不少的罪，我不会见死不救的。一来，我不喜欢汽车；二来，我讨厌警察在我的火车上指手画脚。再者，看到一只动物眼泪汪汪，我于心不忍。所以，打起精神来，癞蛤蟆！我会尽最大的努力救你！"

　　他们一个劲儿往锅炉里添煤。炉火呼呼地吼，火花四溅，火车左摇右晃，可是追赶的火车还是渐渐逼近了。司机用破棉纱擦了擦额头，叹口气说："这样怕不行，癞蛤蟆。你瞧，他们空车开得快，而且他们的火车头也更好。现在只有一个办法，是你逃脱的唯一机会。你仔细听着，前面不远，有一条很长的隧道，过了隧道，铁路要穿过一片密林。过隧道时，我会开足马力，可后面的人因为怕出事，会放慢车速。一过隧道我就关掉蒸汽，来个急刹车。等车速慢到可以安全跳车时，你就跳下去，在他们钻出隧道看到你以前，你赶紧跑进树林

里躲起来。然后我再全速行驶,让他们来追我,随他们想追多远就追多远好啦。现在注意,准备好,我叫你跳,你就跳!"

他们添了更多的煤,火车像子弹一样射进隧道,火车轰隆隆地狂吼着往前直冲,最后,他们从隧道另一端飞驰出来,又驶进了新鲜空气和宁静月光当中。只见那片密林横躺在路轨的两侧,显得非常乐意帮忙的样子。司机关掉蒸汽,踩住刹车,癞蛤蟆跳到踏板上,等火车车速慢到差不多和步行一样时,只听司机一声大叫:"好,跳!"

癞蛤蟆把心一横跳了下去,一骨碌滚过一段短短的路基,从地上爬起来,居然一点没伤着。他钻进了密林,躲了起来。

他探头张望,只见他坐的那辆火车重新加速行进,转眼间就不见了。这时从隧道里冲出的那辆追车,又是咆哮着又是鸣笛,车上那帮乌合之众摇晃着各自不同的武器,哇哇大叫:"停车!停车!停车!"等他们追了过去,癞蛤蟆禁不住哈哈大笑——自打入狱以来,他还是第一次笑得这样痛快。

可是,他很快就笑不起来了,因为他想到,这时已是深夜,又黑又冷,他却在一片陌生的密林里,身无分文,吃不上晚餐,仍旧远离朋友和家。火车震耳的隆隆声消失后,这里死一般的寂静叫人毛骨悚然。他不敢离开藏身的密林,只觉得应该离铁路越远越好,于是拼命往密林深处钻。

在地牢里蹲了那么多个星期,他觉得森林既古怪又充满了敌意,像成心在拿他取笑逗乐似的。夜莺单调的咕咕声,使他觉得林中布满了搜索他的狱卒，正从四面八方向他包抄过来。一只猫头鹰无声无息地突然向他扑来，翅膀擦着他的肩头，吓得他跳了起来，心惊胆战地想，那准是一只手；接着猫头鹰又像飞蛾似的掠了过去，发出一串低沉的"呵！呵！呵！"的笑声，听起来无礼极了。他还碰到一只狐狸，那狐狸停下来，嘲笑地朝他上下打量了一番，说："喂，洗衣妇！这星期我少了一只袜子和一个枕套！下次留神别再犯了！"说罢窃笑着神气活现地走了。癞蛤蟆四处张望，想找块石头打他，可就是找不到，气死他了。最后他又冷，又饿，又乏，找到一个树洞躲了进去，尽力用树枝和枯叶铺了一张勉强算是舒服的床，就这样沉沉睡着了，一直睡到大天亮。

第九章　向往南方

　　河鼠不知自己究竟是为什么而心烦意乱。大自然还保持着盛夏欣欣向荣的气象，尽管庄稼地的翠绿色已让位给金黄色，花楸果变红了，柳林已有多处染上了烈焰般的赤褐色，然而光照、气温和色彩依旧没有减退，看不出一年正在消逝变冷。不过，果园里树丛间的大合唱已削减，只剩下几个不知疲倦的演唱者，偶尔表演一曲黄昏之歌。知更鸟又开始大出风头。空气中弥漫着一种变迁和离别的气息。杜鹃自然早就沉默了，许多羽翼界朋友几个月来一直是这幅熟悉的风景画和这个小社会的一部分，鸟类的队伍正一天天减员。河鼠向来密切关注着所有羽翼界的动向，看到他们每天在南迁。甚至夜间躺在床上，他也能听出那些急于南行的鸟儿们听从那不可抗拒的召唤，飞过他头顶上的黑夜，发出拍打声和扇

动声。

　　大自然这家大饭店，跟其他大饭店一样有它自己的旺季和淡季。旅客们一个接一个收拾行装，结账离开，公共餐厅里每开过一顿饭，坐椅就撤去一批，怪凄凉的。一套套房间的门被锁上，地毯卷起，服务员被辞退。而那些长住的客人，眼瞅着大批朋友飞走的飞走，告别的告别，热烈地谈论着下一步的计划、路线和新居，眼瞅着朋友日益减少，心情难免会受影响。他们会感到坐立不安、郁郁寡欢、烦躁易怒。为什么要换环境呢？为什么不老老实实待在这儿，快快乐乐地过日子呢？这家饭店在淡季的模样，你没见识过；你哪里知道，我们这些留下来共赏四时美景的动物，享有多少乐趣。可那些打定主意要走的动物总是回答说：我非常羡慕你们……也许下一年我们也该留下来……不过现在我们已经约好了……汽车就停在门口，出发的时刻到啦！于是，他们点头微笑，走啦，撇下我们苦苦思念他们，心头窝着火。河鼠是一种知足常乐的动物，扎根在这片土地上，不管谁走，他反正不走；尽管如此，他还是不免觉察到空气中的这种变化，打心底感受到它的影响。

　　到处都在忙着辞行送别，在这种时候，实在很难定下心来做事。河岸边，灯芯草长得又高又密；河水流得慢了，变得浅了。河鼠离开了河岸，漫无目的地朝田野走去。他穿过一两片干裂的尘土飞扬的牧场，一头钻进一大片麦田。麦子

金灿灿，麦浪翻滚，沙沙作响，充满了宁静的微动和呢喃的细语。河鼠常喜欢上这儿来走走，穿行在茁壮的麦秆林间。麦秆在他头上高高地支起一片金色的天空——那天空总在不停地婆娑起舞，闪闪发光，细雨绵绵，有时被路过的风刮得歪歪斜斜，风一过，它又把头一昂，开怀大笑，恢复原状。在麦田里，河鼠也有许多小朋友，他们本身就是一个完整的小社会，过着充实而忙碌的生活。可也总能抽出片刻空闲，和来访的客人聊会儿天，交换点消息。但今天，不知怎的，野鼠和田鼠尽管挺客气，却似乎心不在焉。有些在忙着挖洞开地道。另一些则分成小组研究一套套小居室的规划和草图，考虑如何才能把住的地方建造得更紧凑更实用，建在仓库附近会更方便一些。有的正把积满灰尘的箱子和衣篮拖出来，有的已经在埋头捆扎自己的东西；遍地都是一堆堆一捆捆的小麦、燕麦、大麦、果实、干果，等待运走。

"河鼠老兄来啦！"他们一见他就叫了起来，"快过来帮把手，河鼠，别在那儿闲站着！"

"你们在玩什么游戏呀？"河鼠绷着脸问，"现在还不是考虑过冬的时候，早着呢！"

"这我们知道。"一只田鼠有点不好意思地说，"不过，早点做准备总是好的，对吧！我们必须赶在那些可怕的机器开始翻地之前，把这些家具、行李和储备粮搬走。再说，你也知道,现如今最好的套间很快就给抢光了，要是你晚了一步,你就得随便找个地方将就着住下；而且还得先修整收拾一通，才能搬进去呀。当然，现在是早了点儿，不过我们也只是刚开了个头。"

"噢，讨厌的开头。"河鼠说，"天气这么好，跟我一道划船去吧，或者在树丛边散散步，或者到树林里去野餐什么的。"

"这个嘛，我想今天不行，谢谢你。"田鼠忙说。"也许改天等我们有空……"

河鼠不以为然地哼了一声，转身要走，不料被一只帽盒绊了一下，摔倒了，嘴里不干不净地骂了几句。

"要是能小心点，"一只野鼠尖刻地说，"走路留神看道，就不会伤着自己，不会失态了。注意那只大旅行袋，河鼠！你最好找个地方坐坐。再过一两个钟头，我们也许就有空陪你了。"

"你所说的'空'，只怕在圣诞节前，是不会有的。"河鼠没好气地顶了一句。他在行李堆中走出了麦田。

河鼠垂头丧气地回到了河——那他忠实的奔流不息的老河，它从不收拾行李离开，或是搬到别的地方去过冬。

在河边的柳树上，他看到一只燕子蹲着。不一会儿又来了第二只，第三只。燕子们在枝头烦躁不安，认真地低声商量着什么。

"怎么，这就要走啦？"河鼠走到他们跟前问，"急什

么呀？我说，这太可笑了。"

"噢，如果你是说要走，我们还不走呢。"第一只燕子回答说，"我们只是在做计划和安排。商量好，今年打算走哪条路线，在哪歇脚，诸如此类。一半也是为了好玩。"

"好玩？"河鼠说，"我真是不理解。要是你们一定要离开这个可爱的地方，一定要离开想念你们的朋友和刚刚安顿好的舒适的家，到该走的时候，我毫不怀疑，你们会勇敢地飞走，面对一切艰难险阻、变化莫测的新环境，还要摆出一副高高兴兴的样子。可是，还没到非走不可的时候，你们就迫不及待地商量起来，哪怕只是想一想，这未免……"

"你自然不会明白。"第二只燕子说，"首先，我们内心感到一种甜蜜的不安。然后，往事就像信鸽一样，一桩桩一件件地飞了回来。它们夜间在我们梦中振翅，白天和我们一起飞翔。当那些早已忘掉的地方，各种气味、声响和地名一个个飞回来向我们招手时，我们就急于互相询问，交流这种种感觉，好让自己确信这一切都是真实的。"

"今年你们能不能留下不走，就待一年行不行？"河鼠眼巴巴地提议说，"我们会尽力使你们过得舒适快活。你们根本想象不到我们在这儿过得有多么开心。"

"有一年我试着留下来的。"第三只燕子说，"我越来越喜欢这个地方，所以到了该走的时候，我就留下了，没跟别的燕子一块儿走。开头几星期，情况还算好，可后来，哎呀呀,黑夜那么长,好无聊啊！白天不见阳光！空气又潮又冷,哪里都找不到一条虫子！不行,这样可不行。我的勇气垮掉了,于是在一个暴风雨的寒夜,我飞走了。趁着强劲的东风飞到内地去。我飞过高山峡谷时,下起了大雪,我拼命挣扎着才飞了过去。当我迅速飞到大湖上时,我又一次感到背上晒着暖融融的太阳；尝到第一条肥虫子的美味,那种幸福的感觉真是再也忘不掉！过去的时光就像一场噩梦,未来全是快乐的假日。一周又一周,我不停地往南飞,飞得轻松,飞得悠闲,想逗留多久就多久,随时听从来自南方的召唤。所以,我不能留下,我有过教训,再也不敢违背它了。"

"一点没错,南方的召唤,南方的！"另两只燕子做梦似的叽叽喳喳地说,"南方的歌声、南方的色彩、南方灿烂的天空！噢,你还记得吗……"他们忘掉了河鼠,只顾沉浸在热烈的回忆之中。河鼠听得出神,他的心在燃烧。他心里明白,那根弦,那根一直沉睡着、没被觉察的弦,终于也颤动起来了。仅仅是这几只准备南飞的小鸟的闲谈,他们那褪色的间接叙述就足以唤醒这种狂热的新感觉,刺激着他,如果亲自去体验一下,感受南方太阳热情的抚摩,南方香风轻柔的吹拂,那将会是怎样的一番滋味呢？他闭上双眼,纵情地沉溺在幻梦里,等他再睁开眼时,那条河显得寒冷刺骨,绿色的田野变得暗淡无光了。他那颗忠诚的心,似乎在大声谴责那个软弱的自我背叛中的另一个自己。

"那你们为什么还要回来呢？"他妒忌地问燕子，"这个可怜的单调乏味的小地方，还有什么可吸引你们的？"

第一只燕子说："在适当的季节到来时，你以为我们会感受不到另一种召唤吗？那召唤来自丰茂的草地、湿润的果园、满是虫子的温暖池塘、吃草的牛羊、翻晒的干草、十全十美的屋檐……"

第二只燕子说："你以为只有你才渴望再一次听到杜鹃的歌声吗？"

"到时候，"第三只燕子说，"我们又会患起思乡病，想念英国溪水上晃动的睡莲。不过所有这些在今天看来，似乎都显得那么苍白、单薄、遥远。这一刻，我们的血液正合着另一种音乐的节拍在跃动。"

他们又自顾自地唧唧喳喳起来。这次他们的话题是蔚蓝的海洋、金色的沙滩和布满爬山虎的围墙。

河鼠又一次心神不宁地走开了。他爬上河北岸那缓缓的斜坡，趴下来朝南望去。南边那条环形的丘陵挡住了他的视线，他看不到以南更远的地方——在这之前，那里就是他的地平线，他的月亮群山，他的目光极限，超过这个界限，就没有什么值得他去看，或者去了解的了。可是今天，在他心中产生了一种从未有过的新的渴望，要向南方看，那绵长低矮的丘陵上面的晴空，仿佛悸动着一种渴望：今天一心想的只是那些看不见的东西，而生活的真正意义似乎就在那些看不见的东西。山这边,是真正的空虚;山那边,是一派美不胜收、五彩纷呈的风景,他的内心好像已经把它看得清清楚楚。那边有壮阔的大海、有沐浴在阳光下的沙滩、白色的小屋在橄榄林的掩映下闪光、有宁静的港湾、停满了豪华的船只,准备开往盛产美酒和香料的紫色岛屿,嵌在平静大海中的岛屿!

他爬了起来,再一次朝河岸走去。然而他改变了主意,转向尘土飞扬的路旁。他躺在路边浓密阴凉、枝杈交错的矮树丛里,在这里他可以冥想那条碎石子路,想着它通向的那个奇妙世界;还可以冥想那些可能走过这路的旅行者,想着他们将去寻求或不寻自来的种种幸福、奇遇……在那边,在远方!

一阵脚步声传到他耳中,一个走乏了的动物的身影进入他的眼帘:是只老鼠,一只风尘仆仆的老鼠。那旅行者走到他跟前时,举手行了一个有点外国味儿的礼……他犹豫了一下……然后愉快地离开大路,来到阴凉的树丛下,在他身旁坐下。他看上去很累,河鼠让他休息,什么也没有问,因为他多少理解老鼠此时的心情,知道所有的动物有时只珍视无言的陪伴,当疲倦的身体松弛下来,大脑需要宁静时,无言的相伴才是最有益的。

这位旅行者很瘦、尖脸、肩背微躬、爪子细、眼角布满皱纹,纤巧优美的耳朵上,戴着小小的金耳环。他穿着一件褪了色的蓝色毛线衫,裤子也是蓝色的,打了补丁,满是泥渍。

他随身带的一点点东西就是一个蓝布包。

这位外来老鼠歇了一会儿，然后叹了口气，用鼻子嗅了嗅空气，环顾了一下四周。

"那是三叶草，微风吹来的阵阵暖香。"他说，"那是牛，在我们后面吃着草，吃几口还轻轻喷口气。那是远处收割庄稼的声音。树林那边，农舍升起一缕青色的炊烟。河流就在附近不远处，因为我听到雌红松鸡的叫声。从你的体格看，我想你一定是一位内河水手。一切都像在沉睡，可一切又都在活动。朋友，你日子过得蛮不错的，只要你身强力壮能干活，你的生活无疑是世上最美好的生活。"

"是啊，这就是生活，唯一值得过的生活。"河鼠做梦似的回答说，只是缺少他平时那种由衷的信念。

"我倒也不完全是这个意思。"老鼠谨慎地说，"不过这无疑是最好的生活，我曾尝试过，所以我知道。正因为我曾试过这种生活六个月——所以知道它是最好的。你瞧，我现在脚又疼，肚子又饿，却要离开这种生活往南走，听从那古老的召唤，回到那种老生活。那是我自己的生活，它不允许我离开它。"

"难道他也是一个南行的动物？"河鼠暗想，"你刚从哪里来？"他不敢问老鼠要往哪儿去，因为答案是什么，他似乎很清楚。

"从一个可爱的小农庄来，"旅行者简短地回答，"就在那边，"他指了指北方，"别提它了。我什么都不缺，我有权希望从生活中得到的一切，我都有，甚至更多；可现在，我来到了这里！我还是高兴来到这里，因为我已经走了那么多里路，离我心中向往的地方又近了许多！"

他目光炯炯地紧盯着地平线，像在倾听某种召唤的声音，那是内陆地带所缺少的，这声音和牧场农庄的欢快音乐也不同。

"你和我们不属一类。"河鼠说，"你不是农家老鼠，依我看，也不是本国老鼠。"

"没错，"外来的老鼠说，"我呀，是一只航海老鼠，我最初起航的港口是君士坦丁堡，虽说我在那儿也可说是一只洋老鼠。朋友，你一定听说过君士坦丁堡[①]吧？那是一座美丽的城市，一座古老而光荣的古城！你也许还听说过挪威国王西古尔德吧？他曾率领六十艘船驶往那里，他和他的随从骑马进城时，满街都悬挂着紫色和金色的天篷向他致敬。君士坦丁堡的皇帝和皇后登上他的船和他一道宴饮。西古尔德回国时，他带来的挪威人留了下来，成为了皇帝的御林军，而我的一位出生在挪威的祖先，也随着西古尔德赠送给皇帝的一艘船一起留了下来。从此以后，我们这个家族一直是海鼠。对我来说，从君士坦丁堡直到伦敦河的任何一个可爱海港，都和我出生的城市一样是我的家。这些海港我都熟悉，它们

---

① 君士坦丁堡是土耳其西北部港口伊斯坦布尔的旧称。

也都熟悉我。随便我在任何一个码头或者海滩停下来，都等于回到了家。"

"我想，你一定常常远洋航行吧？"河鼠越听越有兴趣，"成年累月看不到陆地，食物短缺，饮水也要配给，但你的心一直和大海联系在一起，是这样吗？"

"根本不是。"海鼠坦白地说，"你说的那种生活根本不合我的口味。我只是做沿岸买卖，很少离开陆地。和所有航海的人一样，吸引我的是海岸上的快乐时光。南方的那些海港啊，它们的气味，夜晚那些停泊灯，多么令人神往啊！"

"嗯，也许你选中的是一种更好的生活方式。"河鼠略带疑惑地说，"能给我讲讲你的海岸生活吗？讲讲一只有志气的老鼠希望能从中得到点什么收获带回家，以便日后在炉边回忆许多光辉的往事，以告慰晚年。至于我的生活嘛，实话对你说，今天我才觉得它有点狭窄，给圈在一个小天地里了。"

"我上次出海，"海鼠开始说，"是希望能找个农庄安顿下来，于是我就登上了这片国土。这次航海，可以看做是我历次航海的一个范例，是我丰富多彩生活的一个缩影。一切照例是由家庭麻烦引起的。当家庭风暴的警钟敲响时，我就登上一艘小商船，由君士坦丁堡起航，朝着希腊群岛和地中海东部各国行进。海上的每个巨浪都荡漾着令人难忘的回忆。那些日子，白天阳光灿烂，夜间和风习习！船不停地进港出港……到处都能遇到老朋友……在炎热的白天，我们睡在阴凉的庙里或废弃的水池里……太阳落山后，就在缀满星星的天鹅绒般的夜幕下，纵情饮宴，放声高歌！接着，我们掉头停靠在亚德里亚海海岸，那里的海岸弥漫着琥珀色、玫瑰色和青色。我们停泊在被陆地环抱的宽阔港湾里，我们漫步在宏伟的古城市里。直到最后一天早晨，我们沿着一条金灿灿的航道驶进了威尼斯。威尼斯真是一座美丽的城市，在那里老鼠可以自由自在地溜达闲逛！要是游倦了，晚上可以坐在大运河边和朋友们一道开怀痛饮。空中乐声悠扬，天上满是繁星,灯光在摇晃的贡多拉①擦得锃亮的包钢船头上闪烁，贡多拉一艘接一艘地泊在一起，你可以踩着它们从运河的这边走到那边！说到吃的，你喜欢吃贝壳类吗？算了，我们现在还是少谈为妙。"

他沉默了一会儿，河鼠也沉默着，入了迷，仿佛漂浮在梦幻的运河上,倾听着在雾气蒙蒙中、波浪拍打着灰墙的回响。

"然后我们又重新向南驶去，"海鼠接着说，"沿着意大利的海岸航行，来到巴勒莫。在那儿，我离船上岸，逗留了很长的一段快乐时光。我从不在一条船上待太久，那会使人变得心胸狭窄、存有偏见。再说西西里岛是我爱去的一个地方。那里的人我都认识，他们的生活方式也正合我的心意。我在岛上和朋友们愉快地过了好几个星期。等我待腻了，我

---

① 贡多拉，也叫凤尾船，是意大利水城威尼斯有名的一种狭长的平底船。

就搭上一艘驶向撒丁岛和科西嘉岛的商船。我很高兴又一次感受到新鲜的海风和浪花溅到我脸上。"

"可在那个你们管它叫货舱的地方,不是很闷很热吗?"河鼠问。

海鼠瞟了他一眼,"我是只老海鼠,"他直截了当地说,"船长室对我来说够好的了。"

"人家都说,航海生活是很艰苦的。"河鼠陷入了沉思。

"对水手来说是艰苦的。"海鼠一本正经地说,神秘地眨了眨眼睛。

"在科西嘉岛,我搭上一艘运葡萄酒去大陆的船,"海鼠接着说,"傍晚我们到达阿拉西奥,船驶进港口。我们把酒桶抬起,扔到水里,用一根长绳把酒桶一个个捆起来,然后水手乘上小船,朝岸边划去,小船后面拖着一长串上下漂浮的酒桶,像一英里长的一串海豚。沙滩上有马匹等着,马拉着酒桶,哒哒哒地冲上小镇陡峭的街道。运完最后一桶酒,我们就去休息,晚上和朋友们喝酒,直到深夜。第二天早晨,我又去大橄榄林待了一段时间。因为厌倦了岛屿、海港和航行,所以我选择躺在那里懒散地看农民干活,或是躺在高高的山坡上,脚下是蔚蓝的地中海。接下来我又是步行又是乘船,最终慢悠悠地来到了法国的马赛,会会船上的老伙计,参观了远洋巨轮,又是大吃大喝。又要讲到鲜贝了!是啊,有时我做梦都会梦见马赛的牡蛎,竟哭醒了!"

"这话倒提醒了我,"彬彬有礼的河鼠说,"你刚才说你饿了,我该早点问才是。你能留下来和我共进午餐吗?我的洞离这儿不远,现在已经过了中午,欢迎你来我家随便吃点东西。"

"噢,你真够朋友!"海鼠说,"我确实是饿了,刚才一提到鲜贝,就饿得胃痛。不过,你能不能把午餐拿到这儿来?不到万不得已,我不太喜欢到船舱底下去。我们可以一边吃,一边聊我的航海经历和愉快的生活。我很高兴讲这些事,而从你关注的神情来看,你也很爱听。如果进屋去,十有八九我会马上睡着的。"

"这确实是个好主意。"河鼠说完急忙跑回家去。他拿出午餐篮子,装好一顿简单的午餐。考虑到来客的出身和嗜好:他特意拿了一码长的法式面包、一条蒜香四溢的香肠、一块诱人的干酪、一个用干草包裹的长颈瓶,里面装着南边斜坡秘制窖藏的葡萄美酒。装满一篮后,他飞速跑回来。他俩一起揭开篮子盖,把食物一样样地取出摆放在路边的草地上。听到老海员一个劲儿夸他的品位,河鼠高兴得脸都红了。

海鼠稍稍填饱了肚子,就接着讲他最近一次航海的经历。他带着这位单纯的听者遍游了西班牙所有的港口,还让他在里斯本、波尔图[①]和波尔多[②]上岸,领他到英国海港康威尔郡和

[①] 里斯本、波尔图,葡萄牙城市。
[②] 波尔多,法国城市。

德文郡，然后沿英吉利海峡行走，到达最后一个码头。经过长时间的逆风、恶浪和坏天气，他终于上了岸，在那儿他得到了一个迷人的召唤，指引他匆匆奔向内陆，体验那种远离海上颠簸劳顿的、宁静的田园生活。

　　河鼠听得出神，激动得浑身颤抖，可当听到海鼠最后在那个乏味的内地农场定居下来时，河鼠遗憾地叹了口气，再也不想听有关农庄的故事了。

　　这时他们也已吃完饭，海鼠恢复了精神。他往杯里斟满了殷红透亮的南国美酒，身子歪向河鼠，说话时迫使对方全神贯注，把他的身心都控制住了，使河鼠心驰神迷，无力抗拒。清静世界渐渐远去，不复存在。只有海鼠那滔滔不绝的奇妙话音。它究竟是说话声，还是有时变成了歌声——水手起锚时高唱的号子，桅杆支索在呼啸的东北风里的哼哼声，日落时杏黄色的天空下渔人拉网的歌谣，贡多拉或帆船上弹奏吉他或曼陀林的琴弦声？或者这话音又变成了风的呼号，先是呜咽悲鸣，后来逐渐转强，变成咆哮怒吼，又越升越高，成了撕心裂肺的尖叫，然后又渐渐降低，成了风吹帆沿的悦耳簌簌声？这位着了魔的聆听者，仿佛听到了所有的这些声音，同时还夹杂着海鸥饥饿的悲鸣，浪涛拍岸时轻柔的轰响、沙滩鹅卵石的嚓嚓声。河鼠揣着一颗怦怦狂跳的心，随着这位冒险家游历了十几个海港，经历了战斗、脱险、聚会、交友、见义勇为的壮举。他时而在海岛探宝，时而在平静的环礁湖捉鱼,时而又整天躺在温暖的白沙上打盹。他听他讲深海捕鱼,用大网捞起银光闪闪的鱼群;听他讲突如其来的危险,在月黑风高的夜晚排山巨浪的狂吼,还有大雾天头顶上忽地冒出巨轮高耸的船头;听他讲返回故里的欢乐,船头绕过海岬,驶进灯火通明的海港;码头上人影晃动,人群激动的欢呼声,缆索下水的哐啷声;他们费劲地走向陡峭的小街,向那挂着红窗帘的使人感到温馨的灯光走去。

最后,河鼠在白日梦里仿佛看到,那位探险家已经站起身来,但仍在说个不停,那双海灰色的双眼仍旧紧紧地盯着他。

"好了,"他轻轻地说,"我又该上路了,继续向南走,风尘仆仆地一连走上许多天,一直走到我熟悉的那个坐落在海港峭壁上的灰黄色滨海小镇……在那里,从昏暗的门口向下望去是一段段石阶,上面覆盖着一大簇一大簇粉红色的缬草,石阶的尽头,便是蓝盈盈的海水。古老海堤上的铁环和桩柱上,系着一些小船漆得十分鲜艳,跟我小时候常爬进爬出的那些小船一个样。涨潮时,鲑鱼随波跳跃,一群群鲭鱼欢蹦嬉戏,游过码头和海岸。巨轮日夜不停地在窗前漂过,驶向停泊处或大海。所有航海国家的船只,早晚都要抵达那里,到时我选中的那条船就要起锚开航。我不急着上船,直到最后我选中的那只船停在那里等着我,当她载满了货,船头朝向海港时,我才乘小船或攀着缆索上船。等到早晨一觉醒来,我就会听到水手的歌声和脚步声,绞盘的嘎吱声,还有收锚

索时欢快的哐啷声。我们将拉起船头三角帆和前桅帆,船离岸时,港边的白色房子将在我们身边慢慢地远去,于是航行开始了!当船向海岬缓缓驶去时,她全身披满了白帆;一到外海,她便迎着汪洋大海的万顷碧波,乘风破浪,向南方驶去!

"还有你,你也要来的,小兄弟;时光一去不复返,而南方却一直在等着你。冒一次险吧!跟着召唤走吧,趁机会还没溜走!你只需砰地关上身后的门,快活地向前迈一步,你就走出了旧生活,进入了新生活!直到有一天,杯中的酒饮干了,好戏收场了,如果愿意,你再漫步回到这里来,在你安静的河边坐下来,有满脑子精彩的回忆和你做伴,款待你的朋友们。你可以轻易地在路上追上我,因为你年轻,而我上岁数了,走得慢了。我会一步一回头地盼着你,总有一天我准会看到你步履匆匆、心情愉快,脸上露出想要去南方的渴望!"

说话声越来越轻,没有了,就像一只虫子轻微的唧唧声很快地轻下来,最后变为寂静。河鼠呆呆地看着,最后只看见白色路面上远远的那么一小点海鼠的影子。

河鼠机械地站起来,小心翼翼、不慌不忙地把东西放进午餐篮子,回到家,归拢了一些小件必需品和他珍爱的宝贝,把它们装进一个背包里。他慢条斯理地在屋里来回转悠,像个梦游者,还张着嘴不住地倾听。然后,他把背包甩到肩上,仔细挑选了一根粗棍,准备远行。他不慌不忙、毫不迟疑地一脚迈出了家门。就在这时，鼹鼠出现在了门外。

"你这是要去哪儿呀，河鼠？"鼹鼠一把抓住河鼠的胳臂，万分惊讶地问。

"去南方，跟大家一起去南方。"河鼠梦呓般地喃喃道，连看也没看鼹鼠一眼，"先去海边，再乘船，到那些呼唤我的海岸去！"河鼠坚定地径直往前走。鼹鼠慌了神，忙用身子挡住他，盯着他的眼睛瞧。他发现，河鼠目光呆滞，出现一种波浪般浮动的灰色条纹——这不是他朋友的眼睛，而是另一只动物的眼睛！他用力把他抓住，将他拽回屋里，推倒在地上，并且按住他。

河鼠拼命地挣扎了一会儿，然后像是突然泄了气，他躺着一动不动，精疲力竭，双眼紧闭，浑身哆嗦。鼹鼠马上扶他起来，让他坐在椅子上。他全身瘫软，蜷缩成一团，身体剧烈地抽搐，很快又歇斯底里地大哭起来。鼹鼠关紧房门，把背包扔进一个抽屉锁好，然后静静地坐在朋友身边的桌子上，等着这阵奇怪的邪魔过去。渐渐的，河鼠陷入了不安的睡梦中，不断惊颤，嘴里说着胡话，对于不知情的鼹鼠来说，这些话又奇怪，又杂乱，又陌生；接着河鼠沉沉地睡着了。

趁河鼠熟睡的时候，心里着急的鼹鼠忙了一阵家务。等他回到客厅，天已经黑下来了。他看见河鼠仍待在原地，完全醒了，只是没精打采，一声不吭，神情沮丧。他匆匆看了一下河鼠的眼睛，发现那双眼睛又变得像以前一样清澈、乌黑、棕黄，不由得感到十分高兴。于是他坐下来，想办法让河鼠打起精神，试着让他说出刚才发生的事情。

可怜的河鼠尽力一点一点地把事情解释清楚。可是那些多半都是些暗示性的东西，他用冷冰冰的词语又怎么说得清呢？他怎能对另一个人复述那曾经向他歌唱的迷人的海声，又怎能再现海鼠的千百种往事的魔力？现在魔法已破，魅力消失了，几小时前那似乎是不可避免的天经地义的事情，现在却连他自己也很难解释了。这就毫不奇怪，他这一天的经历是没有办法跟鼹鼠说清楚的。

对鼹鼠来说，有一点是显而易见的，就是那阵狂热病，尽管河鼠受到了打击，情绪低落，但终究已经过去，他又清醒过来了。一时间，他似乎对日常生活中的那些琐事失去了兴趣，对季节变换将要带来的快乐，也无心充满期待。

鼹鼠漫不经心地把话题转到正在收割的庄稼、堆得高高的车子、使劲拉车的马匹、越长越高的草垛上，还有那冉冉升起的一轮皓月，照在摆满麦捆的田地上空。他讲到四周变红的苹果、正在变成棕色的榛子，讲到制作果酱、蜜饯和酿造甜酒。就这样一件一件地谈到了隆冬，冬天温暖舒适的屋内生活。说到这里，他简直变得诗意盎然了。

河鼠也慢慢开始坐起来，偶尔插上一两句话。他呆滞的眼神渐渐亮堂起来，无精打采的气色渐渐消退。鼹鼠趁机悄悄拿来了一支铅笔和几页纸，把它们放在河鼠面前。

"你好久没写诗了。"鼹鼠说,"今晚你可以写点什么,这总比……老是胡思乱想好得多。你要是写下几行——哪怕只是几个韵脚,你就会觉得好过多了。"

河鼠厌烦地把纸笔推开,细心的鼹鼠找了个借口离开了客厅。过了一会儿,他从门边往里瞧时,只见河鼠已在聚精会神地创作起来了,他一会儿写写,一会儿吮着铅笔头。尽管吮铅笔头比写字的时间多得多,但让鼹鼠高兴的是,他的治疗到底开始奏效了。

第十章　九死一生

树洞口正好向着东方，癞蛤蟆一早就醒了，一方面是被刺眼的阳光照醒的，另一方面则是被冰冷的脚趾冻醒的。他梦见自己在一个寒冬的夜里，躺在他那间有都铎式窗子的漂亮房间的床上，他的被子全都跑下楼到厨房里烤火去了，抱怨说冷得再也受不了了。他也只好光着脚跟在后面跑，一路上求它们讲点道理。如果不是因为他在冰冷的石板地上的干草堆里睡了好几个星期，他几乎忘记了厚毯子拉到下巴的那种舒服的感觉，他也许会醒得更早。

他坐起来，揉了揉眼睛，又搓了搓那十个在抱怨的脚趾，搞不清自己这是在哪儿？他朝四周张望，寻找他熟悉的石墙和带铁条的小窗；然后，他的心猛地一跳，想起了所有的事——他越狱、逃亡，被人追捕，而最要紧的是，他自由了！

自由！光是这两个字眼和想到这件事就值五十条毛毯。一想到外面那个快乐的世界，正热切地欢迎他的胜利归来，癞蛤蟆顿时感到从头到脚都热乎起来了。他抖抖身子，用爪子抓掉头上的枯树叶。等他梳洗完毕，便大踏步走进舒适的晨光里，虽然冷，但充满信心，虽然饿，但充满希望，昨天的紧张和恐惧一去不复返。

癞蛤蟆穿过挂满露珠的树林，走到大路边，希望能够找到一位可以为他指路的人，但是没有如愿。是啊，要是一个人轻松自在，问心无愧，兜里有钱，又没人到处搜捕你，要把你抓回监狱，那么你随便走哪条路，上哪里去，都无所谓。可如今的癞蛤蟆实在是有所谓得很，每分钟对他来说都无比重要，而这条路却一声不响，他真想踹它几脚解气。

他又继续向前走了一会儿，不远处有一条小运河。于是，他耐心地沿着运河边往前走。绕过一道弯，只见一匹孤零零的马低着头，心事重重地向他走来，它颈圈的挽绳连着一根长绳子，绷得很紧。马往前走时，绳子的一头不住地淌着水珠。癞蛤蟆让马走过，站在那里等着看命运会给他送来什么。

一艘大木船在他身边驶过。船尾在平静的水面上划出一个好看的漩涡，漆成鲜艳颜色的船舷和纤绳齐高。船上唯一的乘客，是一个很胖的女人。她头戴一顶麻布遮阳帽，一只粗壮结实的胳臂靠在舵柄上。

"早晨天气真好呀，太太！"当她和癞蛤蟆平行时，她

跟癞蛤蟆打招呼。

"是的，太太，"癞蛤蟆沿着纤路和她并肩往前走，彬彬有礼地回说，"这确实是一个美好的早晨。可我出嫁的女儿给我寄来一封十万火急的信，要我马上去她那儿，所以我就赶紧出来了。也不知道她那里出了什么事儿，或者要出什么事儿，就怕出了最坏的事情。如果你也是做母亲的，你一定能理解我。我丢下手中的活……你一定看出来了，我是个洗衣的……丢下几个孩子，我这帮小鬼头，世上再没有比他们更淘气捣乱的了。不仅如此，我丢失了所有的钱，又迷了路。至于我那个出嫁的女儿会出什么事情，我连想也不敢想啊，太太！"

"你那位出嫁的女儿家住哪儿，太太？"船上的女人问。

"住在大河附近，"癞蛤蟆说，"靠近那座叫癞蛤蟆庄园的漂亮房子，就在这一带什么地方。也许你听说过吧？"

"癞蛤蟆庄园？噢，我正往那个方向去呢。"船上的女人说，"这条运河再下去几英里路就通向大河，离癞蛤蟆庄园不远了。上船吧，我可以顺便带你一程。"

她把船靠了岸，癞蛤蟆千恩万谢，轻快地上了船，心满意足地坐下。"我癞蛤蟆又交上好运啦！"他心想，"我总是能逢凶化吉！"

"这么说，你是洗衣服的，太太。"船在水面滑行着，船上的女人很有礼貌地说，"如果你不介意的话，我想说，这是个非常好的职业。"

"是全国最好的职业！"癞蛤蟆飘飘然地说，"所有的名流都来我这儿洗衣……不肯去别家，哪怕倒贴他钱也不去，就认我这一家。你瞧，我特精通业务，所有的活我都亲自过问。洗、熨、浆，给绅士们准备赴晚宴穿的讲究衬衫——一切全由我亲自监督完成的！"

"不过你一定不会一切事情都自己动手做吧，太太？"船上的女人问。

"噢，我手下有许多姑娘，"癞蛤蟆随便地说，"经常干活的有二十来个。你知道她们是些怎样的姑娘啊，太太！淘气的笨姑娘，我是这么叫她们的！"

"我也这么叫她们。"船上的女人十分同意他的话说，"我敢说，你一定把你的姑娘们调教得规规矩矩的，是吧。你非常喜欢洗衣吗？"

"喜欢，"癞蛤蟆说，"简直喜欢得发疯。没有比把双手放在洗衣盆里更使我快活的事了！我跟你说，太太，那真是一种享受！"

"遇上你真幸运啊！"船上的女人动起了脑筋，"咱俩确实都交上好运啦！"

"唔？这话怎么讲？"癞蛤蟆紧张地问。

"你瞧，"船上的女人说，"我跟你一样，也喜欢洗衣。其实，不管喜欢不喜欢，我都得自己洗。我丈夫呢，老是偷

懒，他把船交给我来管，所以，我哪有时间做我自己的事情。照说这会儿他也该回来了，要么掌舵，要么照顾那匹马，幸亏那马还算听话，懂得自个儿照顾自个儿。这些事我丈夫都丢下不做，他带上狗打猎去啦，说是打只兔子回来做午餐。他说他在下一个水闸可以追上我。我太了解他了，他只要带着狗出去，就说不好了，因为那狗比他还坏……可这么一来，我又怎么能洗我的衣服呢？"

"噢，别去想洗衣的事。"癞蛤蟆说，他实在不喜欢这个话题，"你只管一心想着那只兔子就行啦。我敢说，准是只又肥又嫩的兔子。有洋葱吗？"

"除了洗衣，我什么也不能想。"船上的女人说，"真不明白，眼前就有这么一件美差在等着你，你怎么还有闲情谈兔子。船舱角落里有我一大堆脏衣服。你只需挑几件急需先洗的——反正你一眼就瞅得出来——把它们放进洗衣盆里。你刚才说，那对你是一种享受，对我却是一种急需的帮助。这里有洗衣盆、肥皂，炉子上有水壶，还有一只水桶，可以从河上打水。我就知道你会非常乐意，免得像现在这样呆坐着，闲得无聊，只能看风景，打呵欠。"

"这样吧，你让我来掌舵！"癞蛤蟆说，他着实慌了，"那样你就可以照你自己的办法洗你的衣服。让我来洗，说不定会把你的衣服洗坏的，或者不称你的心意。我更习惯洗男人的衣服，那是我的专长。"

"让你掌舵？"船上的女人大笑着说，"给一条拖船掌舵，得有经验。再说，我想让你高兴。还是你干你喜欢的洗衣活，我干我熟悉的掌舵活。我要好好让你享受一番，别辜负了我的好意！"

癞蛤蟆被逼得走投无路，他想逃，可是离岸太远，跳上岸是不可能的，只好非常不情愿地想："既然被逼到了这一步，不就洗件衣服吗，傻瓜都会！"

他把洗衣盆、肥皂和其他用品搬出船舱，胡乱挑了几件脏衣物，尽力回忆他偶尔从洗衣房窗口瞥见的情形，动手洗了起来。

漫长的半个小时过去了，每过一分钟，癞蛤蟆就变得更加恼火。不管他怎样努力，这些衣服就是不听话。他尝试哄它们，拍它们，后来干脆扇它们耳光，可它们只是在盆里冲他嬉皮笑脸的，心安理得地守住它们的原罪，毫无悔改之意。有一两次他紧张地回头看了看那船上的女人，可她似乎只顾看着前方，一门心思掌她的舵。他腰背酸痛，最糟糕的是，他特别注重保养的两只爪子现在给洗衣水泡得皱巴巴的。他低声咒骂着，抓起第五十次想溜掉的肥皂。

一阵笑声吓得他直起了身子，回头一看是那船上的女人正仰头放声大笑，笑得眼泪都流下来了。

"我一直在留心看你，"她喘着气说，"我早就看出你是个骗子。还说是个洗衣妇呢！我敢打赌，你这辈子连块擦

碗布也没洗过！"

癞蛤蟆已经忍了好久的一肚子怒火终于爆发，他再也控制不住自己了。

"你这个粗俗、下贱的肥婆娘！"他吼道，"你怎么敢这样对你老爷说话！什么洗衣妇！我要让你记住我是谁，我是大名鼎鼎、受人敬重、高贵、了不起的癞蛤蟆！我现在只是暂时落了难，可我绝不允许一个船上的女人嘲笑我！"

那女人凑到他跟前，朝他的女装帽子底下仔细地端详。"哈哈，果然是只癞蛤蟆！"她喊道，"我真没想到！一只丑陋的、脏兮兮的、叫人恶心的癞蛤蟆居然上了我这条干净漂亮的船，我才绝不允许！"

她放下舵柄。一只粗壮的满是斑点的胳臂闪电般地伸过来，一把抓住癞蛤蟆的一条前腿，另一只胳臂牢牢地抓住他的一条后腿，就势一抡。霎时间，癞蛤蟆天旋地转起来，耳边风声呼啸，只觉得自己飞快地旋转着掠过空中。

只听得"扑通"一声，癞蛤蟆落到了水里。河水凉透了，还算合他的胃口。不过水的冷冽还不足以压下他的骄傲劲儿，平息他的怒气。他胡乱打水、拿掉眼睛上的浮萍，第一眼看到的就是那肥胖的船上的女人，她正从渐渐远去的拖船船尾探出身来，回头望着他，哈哈大笑。他又咳又呛，发誓一定要报复她。

他拍打着水向岸边游去，可是身上的那件棉布长袍碍手碍脚的,等他终于摸到岸边时,又发现没人帮忙,爬上那陡峭的岸是多么费力。他歇了一两分钟,才喘过气来,然后,他搂起湿裙子,搭在两条胳膊上,提起脚拼命地追赶那条拖船。他气得发疯,一心只想着报复。

当他跑到和船平行时,那船上的女人还在笑。她喊道:"把你自己放进压衣机里压压干吧,洗衣妇,拿烙铁熨熨你的脸,熨出些褶子,你就变成一只头等漂亮的癞蛤蟆啦!"

癞蛤蟆不屑和她斗嘴。他要的是货真价实的报复,而不是廉价的不顶用的口头胜利,虽说他想好了几句回敬她的话。他打算干什么,他心里有数。他飞快地追上了那匹拖船的马,解开纤绳,扔在一边,轻轻纵身跃上马背,猛踢马肚子,催马奔跑。他策马离开拉纤的小路,然后把马带进一条布满车辙的路。他回头看了一次,只见那拖船在河中打了横,漂到了运河对岸。船上的女人正发狂似的做着手势大喊:"停下,停下,停下!"

癞蛤蟆哈哈大笑着继续让他的马拼命向前飞奔。

拉船的马没有什么耐力,不能长时间奔跑,很快就由奔驰降为小跑,又由小跑降为缓行。不过癞蛤蟆还是挺满意的,因为他知道,好歹他是在前进,而拖船却静止不动。现在他心平气和了,因为他觉得自己做了件实在聪明的事。他心满意足地在阳光下慢慢行走,专拣那些偏僻的小径和马道,只想忘掉他已经好久没吃上一顿饱饭了,直到他把运河远远地

抛在后面。

　　马带着他走了好几英里的路，炙热的太阳晒得他昏昏欲睡。这时，马忽然停下来，低头开始啃青草。癞蛤蟆一下子醒过来，险些从马背上摔下来。他朝四周望了望，发现自己是在一片宽阔的空地上，一眼望去，地上星星点点缀满了金雀花和黑莓。离他不远的地方，停着一辆很脏的吉卜赛大篷车，一个男人坐在车旁的一只倒扣着的桶上，一个劲地抽烟，看着广阔的天地。附近燃着一堆树枝生起的火，火上吊着一只铁锅，里面发出咕嘟嘟的冒泡声，一股淡淡的诱人的蒸汽，令人不禁想入非非。还有香味——温暖、浓郁和多样的香味——互相掺和、交织，最后合成一股无比诱人的香味，就像大自然女神——一位给孩子们安慰和鼓舞的母亲——的灵魂显了形，正召唤着她的孩子们。癞蛤蟆现在才明白，他过去从来没有真正的饿过。今天早些时候所感觉到的只不过是一阵微不足道的眩晕而已。现在，才算是真正的饿。而且得赶紧认真对待才行，要不然会出人命的。他仔细打量着那个吉卜赛人，心里举棋不定，不知道是跟他死打硬拼好，还是甜言蜜语地哄骗好。于是他就坐在马背上，用鼻子一个劲儿地吸气，瞧着那个吉卜赛人。吉卜赛人也坐在那里一个劲儿地抽烟，拿眼瞧着他。

　　过了一会儿，吉卜赛人从嘴里拿掉烟斗漫不经心地问："你那匹马卖吗？"

癞蛤蟆听了大吃一惊。他没想到过，吉卜赛人喜欢买马，只要有机会从来不会放过。他也没想到过，大篷车一直要走，需要马拉。

把马换成现钱他连想也没有想过，可是那吉卜赛人的提议，似乎为他急需得到的两样东西铺平了道路——现钱和一顿饱饭。

"什么？"他说，"卖掉我这匹漂亮的年轻力壮的马？噢，不，绝对不行。卖了马，每星期洗好的衣服叫谁拉到我的主顾那里去呀？再说，我特喜欢这马，他跟我也特亲。"

"试试去喜欢一头驴吧，"吉卜赛人劝他说，"有人喜欢驴。"

"我这马可是一匹纯种马，部分是，当然不是你看到的那部分，他还得过哈克尼奖呢。不，卖马，这绝对办不到……可话又说回来，要是你真的想买我这匹漂亮的马，你打算出什么价钱？"

吉卜赛人把马上上下下打量了一番，又同样仔细地把癞蛤蟆上上下下打量了一番，然后回头望着那马。"一先令一条腿。"他干脆地说，说完就转过身去继续抽他的烟，全神贯注地眺望着广阔的天地，像要把它看得脸红起来似的。

"一先令一条腿？"癞蛤蟆喊道，"等一等，让我花点时间算一算。"

他下了马，让它先去吃草，自己则坐在吉卜赛人身旁，

扳着手指做算数，最后他说："一先令一条腿？怎么，总共才四先令？那不行，我这匹漂亮的壮马才值四先令？不卖。"

"这么着吧，我给你加到五先令，这可比这牲口本身的价值高出三到六便士。这是我最后的出价。"

癞蛤蟆坐着，反反复复地想了好一阵。他肚子饿了，身无分文，离家又远——谁知道有多远，一个人在这样的处境下，五先令也是很大的一笔钱了。可说实在的，五先令卖一匹马，似乎亏了点。不过，话又说回来，这匹马并没有花他一个子儿，所以不管得到多少，都是净赚。最后，他斩钉截铁地说："这样吧，吉卜赛人！你给我六先令六便士，要现钱，外加一顿早餐，就是你那只香喷喷的铁锅里的东西让我吃个饱，当然就管一顿。然后我就把我这匹活蹦乱跳的马给你，外加马身上所有漂亮的马具，免费赠送。你要是觉得吃亏，就直说，我赶我的路。我知道附近有个人，他想要我这匹马都不知想了多少年了。"

吉卜赛人抱怨说，这样的买卖要是再做几宗，他就要倾家荡产了。不过最终他还是从裤兜底好容易掏出一个脏兮兮的帆布袋，数出六枚先令六枚便士，放在癞蛤蟆的掌心里。然后他钻进大篷车，拿出一个大铁盘、一副刀叉勺。他把铁锅歪倒，热腾腾、油汪汪的杂烩汤咕噜噜地流到了铁盘里。这真是世上最最美味的杂烩汤，是用松鸡、野鸡、家鸡、野兔、家兔、雌孔雀、珍珠鸡，还有一两样其他的肉烩在一起熬成的。

癞蛤蟆把盘子放在膝盖上，高兴地差点儿没哭出来。他一个劲往肚里塞呀、填呀、装呀，吃完又要，吃完又要；那吉卜赛人也不小气。癞蛤蟆觉得，他这辈子从没吃过这么美味的一顿早餐。

癞蛤蟆直到肚子快撑爆了，才起身向吉卜赛人说再见，还不忘跟那匹马亲切地告别。吉卜赛人很熟悉河边地形，给他指了路。癞蛤蟆于是精神饱满地又一次动身上路了，他的情绪好到无以复加。身上的湿衣服已经干透了，口袋又重新有了钱，离家、朋友和安全也越来越近了。最主要和最好的是，他饱饱地吃了顿热气腾腾、营养丰富的早餐，他觉得自己神气了，有力量了，无忧无虑了，充满自信了。

一路上，癞蛤蟆想着他的冒险和逃亡，绝处总是逢生，他的骄傲自大就开始在他心中膨胀起来。他把头抬得老高，自言自语道："我是一只多么聪明的癞蛤蟆呀！全世界没有谁能比得上我！敌人把我关进大牢，布下重重岗哨，派狱卒日夜看守，可我居然在他们眼皮底下大摇大摆地走了出来，纯粹是靠我的才智加勇气。他们开火车追我，又是警察又是手枪。我呢，哈哈大笑着一转眼就消失了。后来，我不幸被一个又胖又坏的女人扔进运河。结果怎么样？我游上了岸，夺了她的马，让她眼睁睁地看着我骑走。还用这马换来满满一口袋钱和一顿呱呱叫的早餐！呵，呵！我是一位英俊的、出了名的、无往不利的癞蛤蟆！"

他趾高气扬地一路走一路扯着嗓门为自己大唱赞歌,虽说除了他自己,没有人听见。这恐怕是一只动物所创作的最最狂妄自大的歌了。

世上不少大英雄,
历史书上全记下。
可是说到名气响,
没人及我癞蛤蟆!

牛津大学才子多,
无所不知学问大,
学问再大也不及,
半个我这癞蛤蟆!

方舟上动物哇哇哭[①],
眼泪好像大瀑布。
是谁高呼"前面有陆地"?
是我,癞蛤蟆!

军队啪嗒啪嗒街上走,

---

① 《圣经》里说,世界曾爆发大洪水,只有乘上诺亚方舟的人和动物脱险。西方因此常以方舟作为避难处所的象征。

他们猛地敬个礼。
是对国王还是基契纳①？
不，是对我这癞蛤蟆！

王后带着宫女们，
窗前坐着把衣缝。
王后问："瞧，那英俊的小伙子是谁？"
她们回答是我癞蛤蟆！

诸如此类的歌还多得很，但都狂妄得吓人，不便写下来。以上几段还算是比较能让人接受的。他边唱边走，边走边唱，越来越得意忘形，但是他的骄傲劲儿很快就被狠狠地浇灭了。

他在乡间小道上走了几英里之后，就来到了公路。他顺着那条白色路面极目远眺，只见迎面过来一个小黑点，接着变成了一个大黑点，又变成了一个小块块，最后变成了一个他再熟悉不过的东西。只听"啪啪"两声，欢快地钻进了他的耳朵，这声音太熟悉了！

"真是妙极了！"兴奋的癞蛤蟆喊道，"又回到了真正的生活，又回到我久违的大世界了！我要招呼他们，招呼我这些开车的兄弟；我要给他们编个故事，这把戏儿一直都那么顺利；他们当然会让我搭车，然后我再跟他们谈谈。走运

---

① 基契纳，英国元帅。

的话，说不定最后我还能开着汽车长驱直入地回到癞蛤蟆庄园！叫獾好好瞧瞧，那才叫带劲呢！"

他信心十足地站在路当中招呼汽车停下来。汽车轻快地驶过来，在小路附近放慢了速度。就在这时，癞蛤蟆的脸一下子变得煞白，心沉了下去，双膝哆嗦发软，身子弯了下来，心痛地瘫成一团。这只倒霉的家伙，难怪他会吓成这样，因为来的不是别的汽车，正好是出事的那天他从红狮旅店院子里偷的那辆——他所有的灾难都是打那天开始的！而且车上的人，恰恰就是他在咖啡厅里见到的那伙人！

他瘫软在路当中，成了惨兮兮的一堆烂泥，他绝望地喃喃自语说："全完啦！彻底完蛋啦！又要落到警察手里，带上镣铐！又要蹲大狱！啃面包，喝白水！噢，我怎么这么傻！我本该藏起来，等天黑以后，再拣偏僻小路偷偷溜回家去！可我偏要大模大样地到处乱窜，大唱吹牛歌，还要在光天化日之下的公路上瞎拦车！倒霉的癞蛤蟆啊！不幸的家伙！"

那辆可怕的汽车慢慢地越来越近，最后他听见就在他不远处停下了。两位绅士走下车，绕着路上这堆哆哆嗦嗦的烂泥团团转，其中一个人说："天哪！真够惨的哟！这里有位可怜的老太太……显然是个洗衣妇……她晕倒了！也许她是中了暑，也许她今天还没吃过东西呢。我们把她抬上车，送到附近的村子里。那儿想必会有她的朋友。"

他们把癞蛤蟆轻轻抬上车，让他靠在柔软的椅垫上，然后继续上路。

他们说话的口气和蔼并且充满同情,癞蛤蟆知道他没被认出来,于是渐渐恢复了勇气。他小心翼翼地先睁开一只眼,再睁开另一只眼。

"瞧!"一位绅士说,"她好些啦。新鲜空气对她有好处。你觉得怎么样,太太?"

"太谢谢你们了,先生。"癞蛤蟆声音微弱地说,"我觉得好多了!"

"那就好。"一位绅士说,"现在坐着别动,最要紧的是别说话。"

"我不说话,"癞蛤蟆说,"我只是在想,要是我能坐在前面司机旁边的位子上,让新鲜空气直接吹在我脸上,我会感觉更好的。"

"一个多么有头脑的女人!"一位绅士说,"你当然可以坐在前座。"于是他们小心地把癞蛤蟆扶到前座,坐在司机旁边,又继续开车上路。

这时的癞蛤蟆差不多已缓过劲来,他坐直了身子,强力抑制着激动的心情。

"这就是命中注定!"他对自己说,"何必抗拒?何必挣扎?"于是他对身边的司机说:"先生,能让我开一会儿车吗。我一直在仔细看你开车,像是不太难,挺有意思的。我特想让朋友们知道,我开过一次车!"

153 / 柳林风声

听到这个请求，司机不禁哈哈大笑，笑得那么开心，引得后面那位绅士忙问是怎么回事。听了司机的解释，他说了句让癞蛤蟆欣喜若狂的话："好啊，太太！我欣赏你这种精神。让她试一试，你在一旁关照着。她不会出什么事的。"癞蛤蟆急不可耐地爬到司机让出来的座位上，双手握住方向盘，假装谦虚地听从司机的指点，开动了汽车，刚开始他开得很慢很小心，因为他决心要谨慎一点。

后座的两位绅士拍手称赞说："她开得多好啊！真没想到，一个洗衣妇第一次开车就能开得这么棒！"

紧接着，癞蛤蟆就把车开得越来越快。后面的绅士大声提醒说："小心，洗衣妇！"这话激怒了他，他开始头脑发热，失去了理智。

司机想动手制止，可癞蛤蟆用一只胳臂把他顶回到座位上，叫他动弹不得。车全速行驶起来。迎面扑来的风、嗡嗡响的马达声和汽车轻轻跳动的声音，陶醉了他那愚钝的头脑。他不顾一切地大叫："什么洗衣妇！我是癞蛤蟆！抢车能手，越狱要犯，总能死里逃生的癞蛤蟆！你们还是给我好好待着，我要让你们看看什么才是真正的驾驶。你们现在是落在鼎鼎大名、技艺超群、无所畏惧的癞蛤蟆手里！"

车上的人全都惊恐万分地叫着站了起来，扑到癞蛤蟆身上。"抓住他！抓住癞蛤蟆，这个偷车的坏家伙！把他捆起来，戴上手铐，拖到最近的警察局去！打倒这只不要命的危险的癞蛤蟆！"

　　天啊！他们本该想到，应当审慎行事，先想法把车子停下来，再采取行动就好了。癞蛤蟆把方向盘猛地转了半圈，汽车一下子冲进了路旁的矮树丛。只见它高高跳起，剧烈地一撞，四只轮子瞬间都陷进了泥潭，搅得泥水四溅。

　　癞蛤蟆觉得自己突然往上一窜，像只燕子在空中划了一道优美的弧线。他喜欢这飞行，正开始考虑是不是能够这样一直飞下去，直到长出翅膀，变成一只癞蛤蟆鸟时，只听"砰"的一声，他仰面朝天着陆了，落在松软茂盛的草地上。他坐起来，一眼看到水塘里那辆汽车几乎淹到了顶；两位绅士和司机被他们身上的长外套拖累着，正在水里徒劳地扑腾挣扎。

　　他赶紧跳起来，撒腿就跑，朝着荒野拼命地跑，爬过树丛，跳过沟渠，穿过田地，直到上气不接下气，累得几乎要送掉半条命，才改为慢步行走。等到稍稍缓过气来，可以安静地想事了，他开始咯咯笑，然后是哈哈笑，笑得不得不在树丛旁坐下。"哈哈！"他沉醉在自我崇拜之中，"又是癞蛤蟆大获全胜！是谁，叫他们把他抬到车上的？是谁，想出招来为了呼吸新鲜空气坐到前座？是谁，怂恿他们让他试试开车的？是谁，把他们全都抛进水塘里去的？是谁，腾空飞起，毫发没伤，逃之夭夭，把那三个心胸狭窄、胆小怕事的绅士留在他们该待的烂泥里？当然是癞蛤蟆，聪明的伟大的癞蛤蟆，呱呱叫的癞蛤蟆！"

155 / 柳林风声

接着,他又放开嗓门儿唱起来——

汽车卜卜卜卜,
顺着大路往前奔。
是谁把它开进水塘?
我是机智的癞蛤蟆先生!

"噢,我多聪明啊!多聪明,多聪明,多……"他话没有说完,身后远远传来一阵很轻的声音,他回头一看。哎呀呀,要命啊!倒霉啊!没法逃了!

在两块田那边,只见那个穿着高统皮靴的司机和两名乡村警察,正飞快地朝他奔来。

可怜的癞蛤蟆一跃而起,拼命地逃,他的心都跳到嗓子眼里了。他气喘吁吁地跑,气喘吁吁地说:"我真是头蠢驴!一头又狂妄又粗心的蠢驴!我吹什么牛啊!又叫又唱!又坐着不动夸海口!天哪!"

他回头瞄了一眼,看到那伙人已经追上来了。他使出最大的力气跑,可他身体肥胖,腿又短,怎么跑得过他们。现在,他能听到他们就在身后了。他顾不得辨认方向,只管发狂似的乱跑,还不时回头去看那些就要追上他的敌人。突然间,他一脚踩空,四脚在空中乱抓,"扑通"一声,他发现他正倒栽葱插进了深深的湍急的水里。他被河水强大的力量冲着

走,无能为力。原来他在慌乱中瞎跑时,直接一头栽进了大河!

他冒出水面,想抓住岸边垂下的芦苇和灯芯草,可是水流太急,抓到手的草又滑脱了。"噢,天啊!"可怜的癞蛤蟆喘着气说,"我再也不敢偷车了!再也不敢唱吹牛歌了!"说完又沉了下去,过后又冒出水面,喘着粗气胡乱打着水。这时,他发现自己正流向岸边的一个大黑洞,那洞恰好就在他头顶上。当流水冲着他经过洞边时,他伸出一只爪子,一把抓住了洞边。然后他费力地爬出水面,直到能把两个胳臂肘靠在洞沿上。他在那儿待了几分钟,呼呼直喘气,因为他实在是筋疲力尽了。

正当他叹气喘息,往黑洞里瞧时,只见洞穴深处有两个小亮点。闪亮着眨巴着,正朝他挪过来。等那亮东西凑到他跟前时,露出了一张脸,一张熟悉的脸!

棕色的、小小的、翘着胡须。

很严肃的、圆滚滚的。一对纤巧的小耳朵和丝一般光亮的毛。

原来是河鼠!

第十一章　别墅遭劫

河鼠伸出一只棕色的小爪子，紧紧揪着癞蛤蟆的颈皮，使劲往上拽。浑身滴水的癞蛤蟆慢慢地但稳稳地爬上洞边，最后安然无恙地站在门厅里。尽管身上满是污泥和水草，可他还是那样兴高采烈，因为到了朋友的家，再也不用东躲西藏了，那套不合身份、丢人现眼的伪装，终于可以扔掉了。

"噢，河鼠！自从上次和你分手以后，我过的是什么日子，你简直无法想象！那些审判，那些折磨，我全都勇敢地经受住了！然后是逃亡，乔装打扮，斗智斗勇，我都成功地应付自如！我被关进监狱——然后逃出来！我被扔进运河——可我游上了岸！我偷到一匹马——卖了一大笔钱！我骗过所有的人——叫他们乖乖地听我的吩咐！你瞧，我是不是一只聪明绝顶的癞蛤蟆！你知道我最后一次冒险是什么吗？别忙，让我讲给你听……"

"癞蛤蟆，"河鼠斩钉截铁地打断他的话说，"你马上给我上楼，脱掉那身破烂，然后好好洗个澡，换上我的衣服，看能不能像个绅士那样走下来。我这辈子从未见过比你现在这个样子更寒酸、更邋遢、更不体面的家伙！好啦，别吹牛，别争辩，快去吧！待会儿我还有话对你说！"

癞蛤蟆起先还想回敬他几句。坐牢的时候，他就老是这样被人差来使去，他早受够了，现在回来了，还要听一只河鼠的使唤！不过，当他从帽架上的镜子里瞥见了自己的那副尊容，一顶褪色的黑色女帽歪扣在一只眼上，他立刻改变了主意，二话没说，乖乖地上了楼，钻进了河鼠的盥洗室。他彻彻底底地洗了个干净，换了身衣服，在镜子前站了好半天，沾沾自喜地欣赏着自己，心想，那帮家伙竟会错把他当成一个洗衣妇，真是一群白痴！

等他下楼时，午餐已经摆在桌上。癞蛤蟆看见午餐，心里好高兴，因为从吃过吉卜赛人那顿丰盛的早餐之后，他又经历了不少险情，消耗了大量的体力。吃午餐时，癞蛤蟆向河鼠讲述了他的全部历险，着重讲他是如何聪明机警，在危急关头如何从容镇定，身处困境时又是如何机敏狡猾。他把这一切说得仿佛是一段轻松愉快、丰富多彩的奇遇。不过他越是夸夸其谈，河鼠就越是神情严肃，沉默不语。

等到癞蛤蟆说够了说累了，河鼠才开口说话，"好了，

癞蛤蟆，不管怎么说，苦头你已经吃够了。说老实话，你不觉得你曾经是一只多么可怕的蠢驴吗？你自己承认，你被捕入狱，挨饿受冻，亡命天涯，担惊受怕，蒙受屈辱，遭到嘲弄，被扔进河里——还是被一个女人扔的！这有什么可乐的？这有什么好玩的？全都因为你硬要去偷一辆汽车。从你第一眼看到汽车起，除了不断惹祸，还是惹祸。如果你迷上汽车那就迷吧，干吗要去偷呢？如果你觉得残废有趣，那就落个残废好啦。如果你想尝尝破产的滋味，那就去破一次产好啦。可你为什么偏偏要去犯罪呢？什么时候你才能有点理智，为你的朋友着想，为他们争口气？我走在外面，老是听到别的动物在背后议论，说我的哥们是个罪犯，你想我会好受吗？"

说到这里，我们必须指出，癞蛤蟆的性格中有一点是非常令人欣赏的，那就是，他从不计较真正朋友的唠叨数落。即使骂得再凶，他也愿意洗耳恭听。因此在河鼠严厉地训斥他的时候，他心里却在嘀咕："可那确实刺激，好玩极了！"并且压低了嗓门，发出一些古怪的噪音，克克克，卜卜卜，以及类似鼾声或者开汽水瓶塞的声音。等到河鼠说完，他马上深深叹了口长气，乖乖地说："你说得对极了。河鼠！我曾经是一只自高自大的蠢驴，这点我承认；不过现在我要做一只好癞蛤蟆，再也不干蠢事了。至于汽车，自从我掉进你的河里、被淹过之后，我就对它失去了兴趣。事实是，在我攀住你的洞口喘气的那会儿，我忽然有了一个新的想法——

一个绝妙的想法——它跟汽船有关的……好了，好了！别生气，老伙计，别跺脚，别心烦；这只不过是个想法罢了，现在我们先不去谈它。还是喝杯咖啡，抽支烟，安安静静地聊会儿天，然后我再慢悠悠地回我的癞蛤蟆庄园，穿上我自己的衣服，让一切都恢复老样子。我冒险也冒够了，现在我要过一种平稳、安逸、受人敬重的生活，好好经营我的产业；抽空养花种草，美化环境；有朋友来看我，我就热情款待；我要备一辆轻便马车，到乡下兜兜风，就像过去一样。"

"慢悠悠地回你的癞蛤蟆庄园？"河鼠激动地大叫起来，"你在说什么呀？难道你没听说……"

"听说什么？"癞蛤蟆脸都发青了，"说呀，河鼠！快说呀！别怕我受不了！我没听说什么呀？"

"这么说你是……"河鼠用他的小拳头捶着桌子大声说，"你是根本没听说过鼬鼠和黄鼠狼的事？"

"什么，森林里那些大恶棍？"癞蛤蟆喊道，全身都在哆嗦，"没有，压根儿没听说过！他们都干了些什么？"

"他们霸占了癞蛤蟆庄园，你不知道？"

癞蛤蟆把他的两只胳膊肘撑在桌上，两爪托着腮；大滴的泪如泉水般涌出眼眶，溅落在桌面上：卜！卜！卜！

"说下去，河鼠，"他咕噜说，"全都说出来。最艰难的时刻已经过去，我缓过劲来了。我能挺得住。"

"在你……深陷……你那……那些倒霉事的时候，"河

鼠一边斟酌措词，一边观察癞蛤蟆，"我是说当你……有好一阵子在社交界中消失不见时，那是由于关于一辆……一辆汽车的误会，你知道……"

癞蛤蟆只是点点头。

"人们都在议论纷纷，"河鼠接着说，"不光在河岸，在原始森林里也一样。动物们照例分成了两派。河岸的动物都向着你，说你受到不公正的对待，说现如今国内毫无正义可言。可是森林里的动物说的话就难听了，说你这是活该，罪有应得，现在是制止这类胡作非为的时候了。他们趾高气扬，四下里散布谣言说，这下你可完蛋了，再也回不来了！永远回不来了！"

癞蛤蟆又点了点头，仍旧一声不吭。

"可鼹鼠和獾却坚持说，你很快就会回来的。其实他们也说不准你何时回来，但是相信你总会有办法回来的！"

癞蛤蟆在椅子上坐直了身子，难为情地傻笑了一下。

"他们搬出历史事实来论证，"河鼠继续说，"他们说从来不知道有一种刑法是针对你那厚脸皮和巧嘴的，再加上你又有财力。后来，他俩干脆把自己的东西搬进癞蛤蟆庄园，睡在那儿，帮你开窗通风，帮你收拾房间，等着你回来。他们绝对没想到后来发生的事。现在，我要讲到最痛苦、最悲惨的一段了。在一个漆黑的夜里，刮着狂风，下着瓢泼大雨，一群黄鼠狼，全副武装。悄悄地爬过马车道，来到前门。与此同时，一群穷凶极恶的雪貂从菜园那头偷袭上来，占领了后院和下房，另一伙肆无忌惮的鼬鼠，占领了暖房和弹子房，把守着面对草坪的落地长窗。

"鼹鼠和獾当时正在吸烟室，坐在炉火旁讲着故事，对将要发生的事没有丝毫预感，因为这样恶劣的天气，动物们一般是不会外出活动的。可就在这时候，那些残暴的恶棍破门而入，从四面八方扑向他们。他们奋力抵抗，可是有什么用呢？两只手无寸铁的动物，怎么对付得了几百只动物的突然袭击？那些家伙用棍子狠狠地揍他们，嘴里还骂着不堪入耳的脏话，然后再把他们赶到风雨交加的冰冷的屋外。"

听到这里，没心没肺的癞蛤蟆居然咯咯地笑了出来，发现过分了，马上又装出一副特别严肃的样子。

"从那以后，原始森林的那些动物就在癞蛤蟆庄园住了下来，"河鼠接着说，"他们为所欲为。白天赖床睡懒觉，一躺就是半天，一天二十四小时吃个不停。听说，那地方给糟践得一塌糊涂，叫人看都不忍心看！他们吃你的，喝你的，说关于你的难听笑话，唱低俗的歌，无聊透顶的骂人歌，里面没有一丁点的幽默。他们还扬言，要在癞蛤蟆庄园永远地住下去。"

"他们敢！"癞蛤蟆说着站起来，抓起一根棍子，"我倒要看看……"

"这样没用，癞蛤蟆！"河鼠冲他喊道，"你给我回来，

坐下,你只会惹麻烦。"

可是癞蛤蟆已经走了,拦也拦不住。他顺着大路快步走,高举着木棍,一路骂骂咧咧,径直来到他家的前门,忽然从栅栏后面跳出一只腰身长长的黄色雪貂,手握一杆枪。

"什么家伙?"雪貂厉声问道。

"少废话!"癞蛤蟆怒气冲冲地说。

"你竟敢这样跟我说话?快滚开,要不然……"

雪貂二话不说,就把枪托顶在肩膀上。癞蛤蟆立刻卧倒在地。"砰!"一颗子弹从他头上呼啸而过。

癞蛤蟆吓坏了,蹦起来拔腿就逃。他听见那雪貂的狂笑声,跟着是另一些可怕的尖笑声。

癞蛤蟆垂头丧气地跑回来,把他的遭遇告诉了河鼠。

"我怎么跟你说的?"河鼠说,"这样没用。他们布了岗哨,而且全都有武器。你必须等待。"

不过,癞蛤蟆还是不甘心。他把船弄了出来,向河上游划去。癞蛤蟆庄园的花园靠着河边。他划到能够看见老宅的地方,伏在桨上小心地观察。一切都显得非常宁静,空无一人。他看到在夕阳照耀下的癞蛤蟆庄园的整个正面,三三两两停在笔直的屋脊上栖息的鸽子,花园里百花怒放,通向船坞的小河汊,横跨河汊的小木桥,全都静悄悄地期待着他的归来。他想先进船坞试试。他小心翼翼地划进小河汊,刚要从桥下钻过去,只听得——轰隆!

一块大石头从桥上扔下来，砸穿了船底。船里灌满了水，沉了下去。癞蛤蟆在深水里挣扎。他抬头看见两只鼬鼠从桥栏杆上探出身来，幸灾乐祸地冲他嚷道："下回该轮到你的脑袋了，癞蛤蟆！"气愤的癞蛤蟆向岸边游去，两只鼬鼠笑得抱成一团，接着又放声大笑，笑得差不多抽了两次筋——当然是一只鼬鼠抽一次筋。

癞蛤蟆没精打采地走回去，再一次把这失败的经历告诉河鼠。

"是啊，我怎么跟你说的？"河鼠十分气恼地说，"看看你干的好事！把我心爱的船给弄没了，这就是你干的好事！把我借给你的漂亮衣服给毁了！说实在的，癞蛤蟆你这个动物太叫人伤透脑筋了——真不知道，谁还愿意跟你做朋友！"

癞蛤蟆也意识到他的所作所为是多么的大错特错，多么的愚蠢透顶。他向河鼠诚心诚意地道歉。他坦率的认错态度，往往会软化朋友们的批评，博得他们的谅解。他对河鼠说："河鼠！我知道，我是个鲁莽任性的家伙！请相信我，从今往后，我要变得谦卑顺从，不经你善意劝告和完全同意，我绝不采取任何行动！"

"如果真是这样，那我就劝你先坐下来吃晚餐，再过一会儿，晚餐就摆上桌了，你要有耐心。我断定我们目前一点办法也没有，只有等见到鼹鼠和獾，听听他们获得的最新消息，大家再商量下一步该怎么办。"

"噢，对呀，那还用说。鼹鼠和獾，"癞蛤蟆轻巧地说，"这两位亲爱的朋友，他们现在怎么样了？我把他们全给忘了。"

"亏你还知道问一声！"河鼠责备他说，"在你开着豪华汽车满世界兜风，骑着纯种马得意地乱跑，大吃大喝的时候，你那两个可怜的忠实的朋友却不管天晴下雨，都露宿在野外，天天吃粗食，夜夜睡硬铺，替你守着房子，巡逻地界，时刻盯着那些鼬鼠和黄鼠狼。绞尽脑汁地筹划着怎样替你夺回地产。这样忠心耿耿的朋友，你不配有。癞蛤蟆，你的确不配。总有一天，你会懊悔当初没有珍惜他们的友情！"

"我知道，我是个忘恩负义的畜生。"癞蛤蟆抽泣着说，"我这就找他们去，在寒冷漆黑的夜里出去找他们，分担他们的苦难，我要用我的行动证明……等一等！我听到茶盘上碗碟的叮当声！晚餐终于端来了，万岁！来呀，河鼠！"

河鼠想到可怜的癞蛤蟆在牢里关了那么长的时间，于是多为他准备了些饭菜。他跟着癞蛤蟆坐到餐桌旁，劝他多吃点，好弥补他的损失。

他们刚吃完，就听见重重的敲门声。癞蛤蟆立刻紧张起来，可是河鼠却神秘地冲他点点头，走到门口，把门打开。进来的是獾先生。

獾的那副模样，看上去足足有几夜没有回家，得不到一点休息的样子。他鞋上全是泥，衣着不整，蓬头垢面。不过，即便在最体面的时候，獾也不是个十分讲究仪表的动物。他神情严肃地走到癞蛤蟆跟前，伸出爪子来和他握手，说道："欢迎回家，癞蛤蟆！瞧我都说了些什么？还说什么家！这是可怜的归来。不幸的癞蛤蟆！"说完他转过身坐到餐桌旁，切了一大块冷馅饼吃了起来。

癞蛤蟆对这样一种极其严肃又吉凶未卜的欢迎方式感到忐忑不安。可是河鼠跟他咬耳朵说："别在意，先什么也别跟他说。当他要吃东西的时候，他总是情绪低落、没精打采的。过半个小时，他就完全变样了。"

于是他们默不做声地等着，不一会儿又传来了另一下较轻的叩门声。河鼠冲癞蛤蟆点点头，走去开门，鼹鼠进来了。鼹鼠也是衣衫破旧，没有洗漱，毛上还沾着些草屑。

"啊哈！这不是癞蛤蟆吗！"鼹鼠喜不自禁地叫道，"没想到你居然回来了！"他围着癞蛤蟆跳起舞来。"我们做梦也没想到你会回来得这么快！你准是逃出来的吧,你这聪明、机灵的癞蛤蟆！"

河鼠忙拽了拽他的袖子，可是已经太晚了。癞蛤蟆又挺胸鼓肚地吹起牛来。

"聪明？噢，不！"他说，"我的朋友都不认为我聪明。我不过是从英国最坚固的监狱里逃了出来！我不过是上了一辆火车，在追捕我的警察眼皮底下逃了出来！我不过是乔装改扮，一路上骗过所有的人！噢，不！我不聪明，我就是一只蠢驴！我来告诉你我冒的一两个小险吧，你自己来判断好了！"

"好吧,"鼹鼠说着,向餐桌走去,"我一边吃,一边听你讲。打早餐以后,我一口东西都没吃过!真够呛!"他坐下来,随意吃着冷牛肉和酸泡菜。

癞蛤蟆叉开腿站在炉前的地毯上,爪子伸进裤兜掏出一把银币。"瞧!"他卖弄着手里的银币,"几分钟就弄到这么多,不赖吧?鼹鼠,你猜我是怎么弄到手的?卖马,我就是这么干的!"

"说下去,癞蛤蟆。"鼹鼠太感兴趣了。

"癞蛤蟆,安静些!"河鼠说,"鼹鼠,别怂恿他讲下去,他的毛病,你又不是不知道。既然现在癞蛤蟆回来了,请赶快告诉我们,目前情况如何?我们该怎么办?"

"情况嘛,简直糟透了。"鼹鼠气呼呼地说,"至于该怎么办,天晓得!獾和我没日没夜地围着那地方转,可情况始终一样。到处都布了岗哨,用枪口对准了我们,还朝我们扔石头。老是有一只动物警戒着,一看到我们,好家伙,你听听他们笑成那样儿!我最恼火的就是这个!"

"情况的确很不妙,"河鼠说,"不过我现在已经知道癞蛤蟆该怎么办了。他应该……"

"不,他不应该这样做!"鼹鼠满嘴食物反对道,"那绝对不行!你不明白。他应该……"

"哼,我反正不干!"癞蛤蟆激动地叫道,"我才不听你们差遣呢!我们在说的是我的房子,我很清楚该怎么办,我来告诉你们。我要……"

他们三个一起扯开嗓门儿说话,说得要多响有多响。就在这个时候,一个很细很冷静的声音传来:"安静!"霎时间,房里鸦雀无声。

说话的是獾先生。他刚吃完馅饼,在椅子上转过身来,狠狠地盯着他们三个。看到他们都在注意听,在等他发话时,他却掉转身伸手去取干酪。这位稳重、可靠的动物在伙伴们当中享有很高的威望。他们再也不敢吭声,一直等他吃完干酪,掸掉膝盖上的面包屑。只有癞蛤蟆一个劲地扭来扭去,河鼠不得不用力把他按住。

獾吃完后,站起来,走到壁炉前,终于开始说话了。

"癞蛤蟆!"他很凶地说,"你这个爱闯祸的小坏蛋!你不觉得害臊吗?要是你的爸爸、我的那位老朋友今晚在这里,知道你都干了些什么,他会怎么说?"

癞蛤蟆正翘腿倚在沙发上,听到这番话,侧身掩面,全身抖动,痛悔地呜咽起来。

"好了,好了!"獾接着说,语气稍为温和了些,"别哭啦。过去了的事就让它过去吧,一切重新开始。不过鼹鼠说的全是实情,鼬鼠们步步为营,他们是世界上最好的哨兵。正面进攻是绝对行不通的,我们寡不敌众。"

"这么说,一切都完啦。"癞蛤蟆把头埋在沙发垫里痛哭起来,"我要去报名当兵,永不再见我那亲爱的癞蛤蟆庄园了。"

"癞蛤蟆,打起精神来!"獾说,"要收复那个地方,除了正面进攻,还有别的各种办法。我话还没说完呢。现在,我要告诉你们一个重大秘密。"

癞蛤蟆慢慢地坐起来,擦干他的眼泪。秘密对他总是有无限的吸引力,因为他从来不能保守秘密。每当他发誓绝不泄密,可刚发完誓他就把秘密告诉别人了。正是这种有罪的兴奋感,是他最喜欢的。

"那里……有……一条……地下……密道,"獾一字一顿地说,"从离我们这里不远的河岸,一直通到癞蛤蟆庄园的中心。"

"谁说的,獾,没有的事!你准是听信了酒馆里那些胡编的谣传。癞蛤蟆庄园里里外外的每一寸土地,我都了如指掌。我敢向你保证,根本没有什么地下密道。"

"我年轻的朋友,"獾极其严肃地说,"你的父亲是一位德高望重的动物——比我所认识的其他动物都要可敬得多。他和我是至交,他告诉了我许多他做梦都没想到要告诉你的话。他发现了那条密道——当然,不是他挖的;那是早在他来这里几百年前就存在的——他只是把它修整好、使它保荐通畅。因为他想,也许有朝一日遇到危险时能用得着它。他还领我去看过。他对我说:'别让我儿子知道。他是个好孩子,只是生性轻浮,根本管不住自己的舌头。要是日后他真的遇到麻烦,这地道对他有用时,再告诉他。在此之前,可千万别跟他说。'"

河鼠和鼹鼠听完都盯着癞蛤蟆瞧，看他如何反应。癞蛤蟆起先想发脾气，可是很快就面露喜色，他就是这样的脾气。

"也许我是有点多嘴多舌。像我这样一个交游广阔的人，我的周围都是朋友，他们说笑、吹牛、讲笑话，我就免不了会多说两句。谁叫我天生有口才呢。有人说我应该主持一个沙龙。先不说那个。讲下去，獾。你说的这条密道，对我们有什么用呢？"

"最近发现了一个情况，"獾接着说，"我叫水獭扮成扫烟囱的，扛着笤帚到后门口说要找点活儿干。他打听到，明天晚上那里要举行一个盛大的宴会，给谁过生日……大概是给那个黄鼠狼头头，到时所有的黄鼠狼都将聚集在宴会厅里，吃喝玩乐穷开心，要闹很长时间。刀剑、棍棒，反正什么武器都不会带！"

"可是外面照常站岗放哨啊。"河鼠提醒说。

"是的，"獾说，"这正是我要说的。黄鼠狼们完全信赖他们那些呱呱叫的哨兵。所以，那条密道就派上用场了。那条极有用的密道，正好直通宴会厅旁边的配膳室！"

"难怪！配膳室地上有块嘎吱嘎吱响的地板！"癞蛤蟆说，"现在我全明白了！"

"我们可以悄悄爬到配膳室……"鼹鼠叫道。

"带上手枪、刀剑和棍棒……"河鼠加上一句。

"冲进去，直扑他们。"獾再加一句。

"狠狠地揍他们！揍他们！"癞蛤蟆喜不自禁地大喊，绕着房间上蹿下跳。

"那好，"獾又恢复他平时冷静的样子说，"就这么定了。那么，现在已经很晚了，大家都上床睡觉去。明天早晨我们再做必要的安排。"

癞蛤蟆自然也乖乖地跟着其他人上床去了——他知道这时最好不要反对——虽然他兴奋地毫无睡意。不过这一天对他来说太漫长了，经历了成堆的事儿，现在摸到柔软的被单和毯子，脑袋沾到枕头还不到几秒钟，他就快活地打起呼噜来了。他梦到了许多事情：梦见他正要走大路时，大路离开了他；运河追赶着他，并且把他抓住了；正当他要大摆宴席时，一只拖船驶进了宴会厅，船上装满了他一周要洗的脏衣服；他孤零零一个人在秘密地道里摸索着前进，可是地道弯弯曲曲的，最后干脆竖了起来；不过最后到底还是平安地回到了癞蛤蟆庄园；所有的朋友围在他的身边，热情洋溢地赞扬说，他的确是一只聪明的癞蛤蟆。

第二天早晨癞蛤蟆很迟才起床，下楼时发现朋友们早就吃过早餐了。鼹鼠不知道到什么地方去了；獾坐在扶手椅上看报纸，似乎一点儿也不操心晚上要干的事；河鼠则在屋里忙得热火朝天，他抱着各种各样的武器，在地板上把它们分成四小堆，一边跑，一边上气不接下气兴奋地说："这把剑给河鼠，这把给鼹鼠，这把给癞蛤蟆，这把给獾！这支手枪给河鼠，这支给鼹鼠，这支给癞蛤蟆，这支给獾……"那四小堆武器当然也就越堆越高了。

"忙什么呢，河鼠？"獾从报纸边抬眼看着河鼠边说，"我们这回是要绕开那些带着可恶枪支的鼬鼠。我可以向你保证，我们用不着任何枪和剑。我们四个拿着木棍，只要进了宴会厅，不用五分钟，就能把他们全部清除干净。整件事我一个人就可以了，只是我不想剥夺你们几个的乐趣！"

"还是稳妥一点好。"河鼠用他的袖子擦着枪管，然后顺着枪管检查。

癞蛤蟆吃完早餐，拿起一根粗木棍，使劲抡着，痛打想象中的敌人。"叫他们抢我的房子！"他喊道，"我要学习他们，我要学习他们！"

"别说'学习他们'，癞蛤蟆，"河鼠说，"这不是地道的英语。"

"你干吗老是挑癞蛤蟆的刺儿？"獾老大不高兴地说，"他的英语又怎么啦？我自己也是这么说的。我能说，他也就能说！"

"对不起。"河鼠解释说，"我只是觉得，应该说'教训'他们，而不是'学习'他们。"①

---

① 癞蛤蟆和獾的英语用词不当，把 teach（教训）说成了 learn（学习）。

"'教训'他们不就是让他们'学习'？"獾回答说，"我们就是要'学习'他们——学习他们，学习他们！而且我们就要这么做了！"

"那好吧，随你高兴怎么说吧。"河鼠说。他自己也给闹糊涂了。他退到角落里，嘴里反复嘟哝着"学习他们，教训他们。教训他们，学习他们！"直到獾叫他住口才罢休。

不久鼹鼠急匆匆地回来了，他显然很是得意。"真痛快！"他说，"我把那些鼬鼠全惹恼了！"

"鼹鼠，但愿你刚才没有鲁莽行事！"河鼠担心地问。

"那是当然。"鼹鼠充满自信地说，"早上我去厨房想看看早点是不是还热着，等癞蛤蟆起来好吃。转眼看见炉灶前的毛巾架上，挂着癞蛤蟆昨天回来时穿的那件洗衣妇的长袍，我就动了个念头。于是穿上长袍，戴上帽子，披上围巾，然后大摇大摆地一直走到癞蛤蟆庄园的大门口。那些哨兵问，'你是什么人'之类的蠢话。'先生们，早上好！'我恭恭敬敬地说，'今天有衣服要洗吗？'"

"他们看着我，神气地板着脸说'滚开，洗衣妇！我们在执勤，没衣服要洗！'我说，'那我改天再来。'哈哈！癞蛤蟆，你看，我是不是很滑稽？！"

"你这可怜的、轻浮的家伙！"癞蛤蟆不屑地说。其实，他对鼹鼠刚才所做的事妒忌得要命。那正是他自己想干的，可惜他事先没想到，而且还睡过了头。

"有几个鼬鼠很生气,"鼹鼠接着说,"那个当班的警官冲我嚷嚷'马上滚开!我手下的人在值勤的时候不许聊天!''叫我滚?'我说,'只怕要不了多久,该滚的就不是我啦!'"

"哎呀,鼹鼠,你怎么可以这样说呢?"河鼠惊慌地说。獾放下他手里的报纸。

"我看他们竖起耳朵,互相对看一眼。"鼹鼠接着说,"警官对他们说:'别理她,她自己也不知道在胡说什么。'"

"'什么!我不知道?'我说,'好吧,让我告诉你,我女儿是给獾先生洗衣服的,你说我知道不知道。而且你们很快也会知道的!就在今天晚上,一百个杀气腾腾的獾,提着长枪,要从空地那边进攻癞蛤蟆庄园;满满六船的河鼠,带着手枪和短弯刀,要从河上过来,在花园上岸;还有一队精心挑选的癞蛤蟆,号称'敢死队',自命'不成功便成仁',要袭击果园,扬言要报仇雪恨。等他们把你们扫荡一空,那时你们就没什么可洗的了,除非你们侥幸能逃掉!'说完我就跑开了。等到他们看不见我时,我就躲起来,然后再沿着沟渠很快地爬回来,隔着树丛偷偷观察他们。他们全都慌作一团,四散奔逃,你推我搡;那个警官不断地把一批批的鼬鼠派到远处,跟着又派另一批鼬鼠去把他们叫回来;我听见他们乱吵吵地说,'都怪那些黄鼠狼,他们舒舒服服地在宴会厅里,大吃大喝,寻欢作乐,又唱歌又百般玩乐,可我们却要在寒冷和黑暗中守卫，到头来还要被那些杀人不眨眼的獾剁成肉酱！'"

"哎呀，鼹鼠，你这只蠢驴！"癞蛤蟆叫道，"你把一切全搞砸了！"

"鼹鼠，"獾用他那冷静的口气说，"我知道你这小脑袋中的智慧也比某些动物整个肥胖身体里的智慧还多。你干得太漂亮了，我开始对你寄予很大的希望。好鼹鼠！绝顶聪明的鼹鼠！"

癞蛤蟆妒忌得简直要疯了，他想不通，鼹鼠这样干怎么反倒聪明了；不过幸好，他还来不及发脾气，午餐的铃声就响了。

这是一顿简单却耐饥的午餐——熏肉、蚕豆，外加通心粉布丁。吃完饭，獾安坐在一张扶手椅上说："好，我们今晚的准备都安排好了，等我们干完，也许已经很晚了。所以，趁现在还有时间，我要先打个盹儿。"说完，他用手帕盖住脸，很快就呼噜呼噜地睡着了。

性急而勤快的河鼠，立刻又干起他的备战工作，在他那四小堆武器之间跑来跑去，嘴里还咕噜着："这根皮带给河鼠，这根给獾！这根给癞蛤蟆……"还没完没了地想出新的装备。鼹鼠呢，他挽着癞蛤蟆，把他带到屋外，要他把他的冒险经历从头到尾、一五一十地讲给他听。这正是癞蛤蟆求之不得的。鼹鼠很善于倾听别人讲话，他不打岔，也不做评论，于是癞蛤蟆就海阔天空地神聊起来。说实在的，他所讲的，大部分属于那种"要是我早想到而不是十分钟以后才想到、事情就不会那样发生"的性质。说到这里，我们必须指出——既然那都是最精彩、最刺激的历险故事，何不把它们和那些实际发生但不太够过瘾的经历一样，也看成是我们历险故事的一部分呢？

第十二章　收复失地

天渐渐黑了。河鼠兴奋而又神秘地把伙伴们召集到客厅，让他们站到各自的武器堆前面，然后帮他们武装起来。他干得非常认真，一丝不苟，也花了好长时间。他先在每人腰间系上一根皮带，然后在皮带上插上一把剑，又在另一侧佩了一把短弯刀。再发给每人一对手枪、一根警棍、几副手铐、一些绷带和胶布，还有一只杯子、一盒三明治。獾愉快地笑着说："好啦，河鼠！如果这让你高兴的话。其实我只要这根木棍就够了。"

河鼠只是说："请都带上吧，獾！我可不希望你以后埋怨我，说我忘了准备什么东西！"

一切准备就绪，獾一只爪子提着一盏没点着的手提灯，另一只爪子握着他那根木棍，说："现在跟我来！然后是鼹鼠、河鼠,癞蛤蟆断后。听着,癞蛤蟆!不许你像平时那样唠叨,要不然就叫你回来!"

癞蛤蟆生怕留下,只好一声不吭地接受指派给他的蹩脚位置,四只动物便出发了。獾领着大伙儿顺着河边走了一小段,然后他突然攀住河岸,侧转身子,钻进了一个略高出水面的洞。紧跟其后的鼹鼠和河鼠也学着獾的样子顺利地钻进了洞。轮到癞蛤蟆时,他先是一滑,接着"扑通"一声掉进河里,还发出一声惊叫。朋友们赶紧把他拽上来,匆匆帮他擦干身体,拧干衣服,又安慰了几句,扶他站起来。獾可是真火了,他警告癞蛤蟆,要是他再敢胡闹,非让他留下不可。

就这样,他们终于进了那条密道,真正踏上了突袭的捷径。密道里很冷、低矮狭窄、阴暗潮湿,可怜的癞蛤蟆禁不住哆嗦起来,一半是由于害怕前面可能遇到的不测,一半是由于他浑身湿透了。手提灯在前面离他很远,在黑暗中他免不了要落后。这时,他听到河鼠警告说:"快跟上,癞蛤蟆!"他生怕被落下,便猛地往前一冲,可这一冲又冲得太猛,竟撞倒了河鼠,河鼠又撞倒了鼹鼠,鼹鼠又撞倒了獾,引起了一阵大乱。獾以为背后遭到了袭击,由于洞内狭窄,使不开棍棒,他便拔出手枪,正要朝癞蛤蟆射击。等到獾弄清楚到底是怎么回事,他不禁大怒:"这回,可恶的癞蛤蟆必须留下!"

癞蛤蟆呜呜咽咽地哭了起来,另外两个动物也为他求情,獾这才消了气，队伍又继续前进。不过这回换成河鼠断后，他牢牢地抓住癞蛤蟆的双肩。

一路上他们摸索着一步步前进，竖起耳朵，爪子按在手枪上。直到獾说："我们现在应该已经到了癞蛤蟆庄园底下了。"

忽然，他们听到低沉的嘈杂声，似乎很远，但显然就在他们头顶上，像有许多人在大叫大笑，用脚跺地板、用拳头捶桌子。癞蛤蟆又紧张又害怕，可是獾只是镇静地说："是那群黄鼠狼！"

密道这时开始向上倾斜，他们又摸索着走了一小段路，喧闹声又出现了，这一回十分清楚，很近，就在头顶上。"万岁……万岁……万万岁！"他们听到欢呼声，小脚掌跺地板声，小拳头砸桌子时杯盘发出的叮当声。

"瞧他们闹得多欢呀！"獾说，"走吧！"他们顺着密道加快了脚步，最后停下来，发现他们已站在通向配膳室的那道活门的底下了。

宴会厅里吵成那样，一点儿也不用害怕他们的声音会被听见。獾说："好！弟兄们，大家一起上！"他们四个同时用肩头顶着活门，用力把它掀开，他们互相帮助进了配膳室，在他们和宴会厅之间只隔着一扇门，而门那边毫无觉察的敌人正在开怀痛饮。当他们从密道里爬出来时，那喧闹声简直震耳欲聋。

等到欢呼声和敲击声渐渐弱了，可以听出一个声音在说：

"好啦，我不打算多占你们的时间……（热烈鼓掌）……不过，在我坐下之前……（又是一阵欢呼）……我想为我们好心的主人癞蛤蟆先生说一两句好话。我们都认识癞蛤蟆！……（哄堂大笑）……善良的癞蛤蟆，谦恭的癞蛤蟆，诚实的癞蛤蟆！（欢呼乱叫）"

"我非过去揍他不可！"癞蛤蟆咬牙切齿地低声说。

"忍耐一下！"獾好不容易才稳住癞蛤蟆的情绪，"大家都做好准备！"

"我给你们唱支小曲儿，"那声音又说，"这是我专门为癞蛤蟆编的。"（持久的鼓掌声）

接着那黄鼠狼头子就尖着嗓子唱起来：

癞蛤蟆出来寻开心，
走在街上乐开怀……

獾挺直身子，两只爪子紧紧握着木棍，向伙伴们扫了一眼，大叫一声：

"时候到了！跟我来！"

他猛地把门推开。

好家伙！满屋子的黄鼠狼叽叽大叫、哇哇大嚷、呜呜大喊！

四位英雄愤怒地冲进宴会厅，屋里刹那间一片大乱，吓

得魂不附体的黄鼠狼们纷纷钻到桌子底下，或是没命地跳窗夺路而逃；鼬鼠们乱哄哄地直奔壁炉，全都挤在烟囱里动弹不得。桌子乒乒乓乓东倒西歪，杯盘噼里啪啦被摔得粉碎。力大无穷的獾翘起了他的小胡子，手中的木棍在空中呼呼挥舞；又黑又凶的鼹鼠抡着木棍，高呼着令人胆寒的战斗口号："鼹鼠来了！鼹鼠来了！"河鼠腰间鼓鼓囊囊地塞满了各式武器，坚决果敢，奋不顾身地投入战斗；兴奋发狂的癞蛤蟆带着受伤的自尊心，身体涨得比平时大出一倍，他腾空而起，发出癞蛤蟆的呱呱声，吓得敌人手脚冰凉。

"叫你唱'癞蛤蟆出来寻开心'！"他大吼道，"我就拿你们寻开心！"他向黄鼠狼头子直扑过去。其实他们一共不过四个，可是那些惊慌失措的黄鼠狼觉得，好像整个大厅里都是怪物，灰色的、黑色的、棕色的、黄色的，狂叫怒吼地挥舞着巨大无比的棍棒。他们吓得魂飞魄散，恐怖地尖叫着，跳出窗子，窜上烟囱，不管逃到什么地方，只要能躲开那些可怕的棍棒就是万幸。

战斗很快就结束了。四个朋友在大厅里上下搜索，只要有一个脑袋露出来，就上去给它一棍。不出五分钟，屋里的敌人已被扫除干净。透过破碎的窗户，隐约传来惊恐万状的黄鼠狼在草地上逃窜时发出的尖叫声。地板上，横七竖八地躺着几十个敌人，鼹鼠正忙着给他们戴上手铐。獾倚靠在那根木棍上擦着额头上的汗。

"鼹鼠,"他说,"好样的!再麻烦你抄近道去瞧瞧那些鼬鼠哨兵,看他们都在干什么。我估摸,由于你的功劳,今晚他们不会给我们添什么麻烦了!"

鼹鼠利索地跳窗出去。獾吩咐另外两个动物把桌子重新放好,从地上的碎片中捡出一些刀叉杯盘,又叫他们看看能不能找到一些食物,拼凑出一顿晚餐。"我需要吃点什么,马上!癞蛤蟆,我们替你夺回了宅子,你却连块三明治也不请我们吃。"

癞蛤蟆十分难过,因为獾没有像对鼹鼠那样地赞扬他,没有说他是好样的,他多英勇啊,特别是他冲着那黄鼠狼头子直扑过去,一棍子将他打得飞过桌子的时候。不过,他还是和河鼠一起找到了一碟番石榴酱,一只冷鸡,一块还没怎么动过的牛舌,一些蛋糕,还有许多的龙虾色拉。在配膳室里,他们还找到一篮法式小面包,许多奶酪、黄油和芹菜。他们刚要坐下来开吃,就见鼹鼠咯咯笑着从窗口爬进来,怀里抱着一杆长枪。

"全结束了。"他报告说,"那些鼬鼠本来就心惊胆战的,一听到大厅里的尖叫和骚动声,有的扔下枪就逃了,有一些没逃的,可当黄鼠狼朝他们冲来时,他们以为自己被出卖了。于是鼬鼠揪住黄鼠狼不放,黄鼠狼拼命想挣脱逃跑,他们互相扭成一团,用拳头狠揍对方,在地上滚来滚去,最后多数都滚到河里了!我就把他们的枪全都收回来了。所以,现在

万事大吉！"

"了不起的鼹鼠！"獾满嘴鸡肉和蛋糕，说，"现在，我只求你再办一件事，然后就坐下来和我们一起吃晚餐。我要你把地板上的这些家伙带到楼上，命他们把几间卧室打扫干净，床底下也要打扫，然后换上干净的床单枕套，掀开被子的一角，该怎么做，你知道的。再在每间卧室里备好一罐热水、一些干净毛巾和新肥皂。最后，凭你高兴你可以把他们每人一顿揍，再撵他们走。我想今后没有一个家伙再敢露面了。快去快回，冷牛舌在等着你呢，这可是头等的美味。我太喜欢你了，鼹鼠！"

能干的鼹鼠捡起一根木棍，命他的俘虏排成一行，"快步——走！"没多久他就微笑着下来说，每个房间都收拾好了，干净得像一根新别针。"我也用不着揍他们，我想他们今晚挨揍也挨够了。他们对过去的所作所为深表歉疚，说都是那黄鼠狼头子和鼬鼠的错，还说以后有用得着他们的时候，只管吩咐就是了。所以，我给了他们一人一个面包卷，放他们出后门，他们就一溜烟似地溜啦。"

说完鼹鼠把椅子拉到餐桌旁，动手切他的冷牛舌。这时的癞蛤蟆又恢复了他的绅士风度，他甩开了全部醋意，衷心地说："亲爱的鼹鼠，我诚心诚意地感谢你今晚的辛苦和劳累，特别要感谢你今早的聪明机智！"獾听了很高兴说："这才是我们勇敢的癞蛤蟆应该说的话！"于是，他们欢天喜、心满意足地吃完了晚餐，然后钻进干净的被窝睡觉去了。他们安安稳稳地睡在癞蛤蟆祖传的房子里，这是他们用无与伦比的勇敢、近乎完美的战略和巧妙娴熟的棍法夺回来的。

第二天早晨，癞蛤蟆照例又睡过了头。他发现，餐桌上只剩下一堆蛋壳、几片又冷又硬的烤面包、咖啡壶里空了四分之三，别的就什么也没了。这叫他挺来气的，因为不管怎么说，这是他自己的家呀！透过餐厅的落地长窗，他看见鼹鼠和河鼠坐在草地的藤椅上讲故事，笑得前仰后合。獾坐在扶手椅上聚精会神地读晨报。癞蛤蟆进屋时，他只是抬眼冲他点了点头。

癞蛤蟆老大不高兴地坐下来，凑合着吃了一顿。他快吃完时，獾抬起头来对他说："对不起，癞蛤蟆，不过今天上午你恐怕会有好些活要干。我们应该马上举行一次宴会来庆祝这件事。这事必须由你来办，这是规矩。"

"噢，太好了！"癞蛤蟆欣然答道，"只是我不明白，为什么非得在上午举行宴会。我活着并只不是为了使自己快活，而是为了尽力去满足朋友们的需要，你这亲爱的老獾头！"

"别傻了，"獾不高兴地说，"说话的时候不要把口水溅到你的咖啡里，这是不礼貌的。我是说，宴会当然要在晚上举行，可是邀请信得马上写好发出去，你这就得写。好了，现在就坐到那张书桌前，桌上有一叠信纸，信纸上印有蓝色和金色的'癞蛤蟆庄园'字样，你得给我们所有的朋友写邀

请信。要是你不停地写,那么在午餐前,我们就能把信发出去。我这就帮你去订菜。"

"什么!"癞蛤蟆苦着脸说,"这么美好的早晨,要我关在屋里写一堆无聊的信!不干!我要……不过等一等!噢,亲爱的獾,这事我干最合适了!去吧,獾,随你想订什么菜都行。然后和外面那两位年轻朋友一起说说笑笑吧!为了神圣的职责和友谊,我甘愿牺牲掉这美好的早晨!"

獾疑惑地看着癞蛤蟆,可癞蛤蟆那直率坦诚的表情,很难使他想到这种突然转变的背后,会有什么不良的动机。于是他离开餐厅,向厨房走去。门刚关上,癞蛤蟆就急忙奔到书桌前。他要写邀请信,他要特别提到他在那场战斗中所起的领导作用,提到他是怎样把黄鼠狼头子打翻在地;他还要提到他的历险,他那战无不胜的经历。在邀请信的空白页上,他还要写一张晚宴文娱节目单——他在脑子里打着这样一个腹稿:

演说……………………………………癞蛤蟆
(晚上还有几次演说,演说人都是癞蛤蟆。)
致辞……………………………………癞蛤蟆
内容提要:我们的监狱制度——古老的英国水路
——马匹交易,如何讨价还价——财产、产权
与义务

——返回祖居——一位典型的英国绅士。

歌唱……………………………………癞蛤蟆

（本人作词作曲。）

其他歌曲………………………………癞蛤蟆

（在晚宴间所有歌曲由词曲作者本人演唱。）

这个主意使他高兴得不得了，他写得非常起劲，中午时所有的信就都写好了。这时，有人通报说，门口有只身材瘦小、衣着褴褛的小黄鼠狼，怯生生地问能否有幸为先生们效劳。癞蛤蟆心想来得正好，他把那一叠邀请信塞给他，吩咐他火速把信送出去。要是他愿意晚上再来，也许会有一先令的酬劳，也许没有。受宠若惊的黄鼠狼急忙去执行任务了。

当其他动物在河上消磨了一上午，欢欢喜喜地回来吃午餐时，鼹鼠觉得有些对不住癞蛤蟆，担心他会不高兴。看到盛气凌人的癞蛤蟆，鼹鼠开始起了疑心。而这时河鼠和獾互换了一下眼色。

午餐刚吃完，癞蛤蟆就漫不经心地说："大家请自便，要什么请随便拿！"说完就大摇大摆地朝花园走去。他要在那里好好想想今晚的演说内容。这时，河鼠一把抓住他的胳膊。

癞蛤蟆心虚地想要挣脱，可是当獾紧紧抓住他的另一只胳膊时，他明白事情败露了。两位朋友架着他，把他带到了吸烟室，关上门，把他按在椅子上。

"听着，癞蛤蟆，"河鼠说，"是有关宴会的事。很抱歉，我不得不这样跟你说话。不过，我们希望你明白，宴会上没有演说，没有唱歌。你要放清醒些，我们不是和你讨论，而是通知你这个决定。"

癞蛤蟆知道，他们太了解他了，早把他看得透透的。他的如意算盘破灭了。

"我能不能就唱一支小曲？"他苦苦哀求道。

"不行。"河鼠斩钉截铁地说，虽然他看到失望的癞蛤蟆，心里也不好受，"这样做没有好处，癞蛤蟆；你很清楚，你的歌全是自吹自擂，你的演说全是自我炫耀，全是夸大其词和……"

"和吹牛。"獾干脆地补上一句。

"癞蛤蟆，这都是为你好。"河鼠继续说，"你得洗心革面，而现在正是你翻开人生新的一页的大好时刻，是你一生的转折点。一开始也许会让你觉得有些难受，但请相信我们。"

癞蛤蟆沉思了良久。最后他抬起头，脸上显出深深动情的神色。"我的朋友，你们是对的。"他激动得断断续续地说，"原来我只是想再出一晚上的风头，听听那雷鸣般的掌声，因为我觉得那掌声能体现自己的高贵品质。现在我深知，你们是对的，而我错了。从今以后，我一定要改过自新，你们再也不会为我感到脸红了！唉，做人真难啊！"

他用手帕捂住脸，跟跟跄跄地离开了房间。

188

"獾,"河鼠说,"我们这样做是不是太残忍了,你说呢?"

"是啊,我知道,"獾忧伤地说,"可我们非得这样做不可。癞蛤蟆必须在这儿生活下去,受人尊敬。难道你愿意看着他成为大伙儿的笑柄,被鼬鼠和黄鼠狼奚落吗?"

"当然不要。"河鼠说,"说到黄鼠狼,幸亏那只给癞蛤蟆送信的小黄鼠狼,碰巧被我们遇上了。我从你的话里,猜到这里准有文章,就抽查了一两封信。果然,那些信简直写得太丢人了。我把它们全没收了,好鼹鼠这会儿正坐在梳妆台前,填写简单明了的请柬呢。"

癞蛤蟆离开大家,独自回到他的卧室,长时间地沉思着。渐渐的,他的神情开朗起来,脸上缓缓地露出了笑意。然后,他有点害羞地、难为情地咯咯笑起来。最后他站起身,锁上房门,拉上窗帘,把房里所有的椅子围成一个半圆形,然后站在它们前面。他鞠了一躬,咳了两声,对着想象中的热情的观众,放开嗓子唱起来:

癞蛤蟆的最后一首歌

癞蛤蟆——回——家了!
客厅里,惊恐万状;门厅里,哀号成片,
牛棚里,哭声不绝;马厩里,尖叫震天。
癞蛤蟆——回——家了!

癞蛤蟆——回——家了！
窗子乒乒乓乓，房门噼里啪啦，
黄鼠狼东逃西窜，晕倒在地，
癞蛤蟆——回——家了！

咚咚咚，鼓声响起来！
号角吹起来，士兵欢呼着，
炮弹轰隆隆，汽车嘟嘟响，
这是——英雄——回来了！

大家欢呼——万岁，万岁！
让人人高声欢呼吧，
向备受尊崇的动物致敬，
这个伟大的日子只属于——癞蛤蟆！

癞蛤蟆热情洋溢、自我陶醉地尽情唱了一遍又一遍。

然后，他深深叹了口气，很长很长很长的一口气。

他把梳子放在水里蘸了蘸，把头发从当中分开，垂在面颊两边，再用梳子将头发刷得光滑笔直。他打开房门，安静地走下楼去迎接他的客人。他知道，宴会已如期举行。

当他进去的时候，所有的动物都高声欢呼，紧紧围着祝贺他，称赞他的勇敢、聪明和战斗精神。癞蛤蟆只是淡然地

笑笑，低声说："这没什么！"或者是"哪里，正好相反！"

站在炉前地毯上的水獭正在向一位朋友描述，假如当时他在场会怎么干。一看到癞蛤蟆，他就大叫一声跑过来，一把搂住癞蛤蟆的脖子，想要拉着他凯旋式地绕场一周。癞蛤蟆温和地制止了他，一边挣脱他的双臂，一边歉虚地说："獾才是决策人物，鼹鼠和河鼠在战斗中冲锋在前，我只是在队中帮忙而已，做得很少，也可以说没干什么。"动物们显然对他的这种谦逊态度都感到大惑不解，甚至有些不知所措，这使得在场的每位客人都对他充满了兴趣。

獾把一切安排得尽善尽美，晚宴获得了巨大成功。动物们欢声笑语不绝，可是整个晚上，端坐主位的癞蛤蟆，却始终双眼低垂，对左右两侧的动物，低声说些愉快的客气话。他偶尔偷眼看着獾和河鼠，可每次都看到他俩张开嘴巴互相对视着，这使癞蛤蟆感到了最大的满足。晚宴进行到高潮的时候，一些年轻活泼的动物开始交头接耳，说这回晚会不像往年开得那么热闹有趣。有人敲着桌子叫道："癞蛤蟆！来段演说吧！唱首歌吧！癞蛤蟆先生来一个！"可癞蛤蟆只是微微摇摇头，举起一只爪子温和地表示反对，一个劲地劝客人们多吃点儿，并关切地问候他们家中尚未成年还不能参加社交活动的孩子好。所有这些都使客人们觉得这次晚宴是严格遵照传统方式举行的。

癞蛤蟆真的变了！

尾 声

　　这次宴会过后，四只动物继续过着欢快惬意的生活，这种生活曾一度被内战打断，但以后再也没有受到动乱或入侵的打扰。癞蛤蟆和朋友们商量后，挑选了一条漂亮的金项链，配上一个镶珍珠的小盒子，外加一封连獾看了也承认是谦虚感恩的感谢信，差人把它们送给狱卒的女儿；他还适当地酬谢和补偿了火车司机，为他所受的苦和给他添的那么多麻烦而深表歉意；在獾的敦促下，就连那位船上的女人，也费了颇大周折找到了，同样适当地赔偿了她的马钱。尽管癞蛤蟆对此表示强烈反对，极力申辩说，这个胖女人有眼不识真正的绅士，是命运之神派他来惩罚那个胳膊上长着色斑的胖女人的。酬谢和赔偿的总额，说实在的倒也不多。那吉卜赛人对马的估价，据当地评估员说，大致是不错的。

在漫长的夏日黄昏,四位朋友有时一起去原始森林散步。原始森林现在已被他们整治得服服帖帖了。他们高兴地看到,原始森林的居民们怎样恭恭敬敬地向他们问好,黄鼠狼妈妈们怎样教导她们的孩子们,把小家伙们带到洞口,指着四只动物说:"瞧,小宝宝!那位就是伟大的癞蛤蟆先生!走在他旁边是英勇的河鼠,一位可怕的斗士!那位是著名的鼹鼠先生,你们的爸爸常说起他!"每次碰到孩子们使性子,或是不听话,妈妈们就吓唬他们说,如果他们再淘气,可怕的大灰獾就会把他们抓走。其实,这真是对獾莫大的诬蔑,因为獾虽然很少和别人交往,却十分喜欢孩子。不过,黄鼠狼妈妈这样说时,总是很管用的。

名师导读

名著概览

　　《柳林风声》是英国作家肯尼斯·格雷厄姆写给他六岁儿子的一部童话故事。柳林就是柳树林，风声则是指发生在动物间的一系列故事。发生在小动物之间的故事本身平淡无奇，但因为作家幽默风趣、温馨优美的语言，读罢却让人忍俊不禁。作品的美妙、动人，不仅缘于故事节奏的舒朗明晰、从容平缓，语言的亲切自然、感人至深，更重要的是，四个性格迥异的小动物凑在一起，事无巨细，无一例外都透着暖暖的春意和积极乐观的生活信念。其实，书中个性鲜明的小动物，皆是现实世界中孩子的缩影，它们长驻在一代又一代孩子的心头，永不褪色。作者细细描写季节的流转、大自然的变化、以及动物们生活中发生的点点滴滴，生动地刻画了回绕在柳林中的友谊与温情。作品的文字华美而又充满忧伤，就像一首哀感顽艳的抒情诗。尽管这些文字看起来似乎离我们时下的生活远了一点，但它们表现的却是人类永恒的主题。它就像母亲小时候给我们讲过的遥远的故事，但当我们有一天长大了，也有了儿女，我们会对我们的孩子继续重述母亲讲过的故事。因为真、善、美的东西，是永远值得我们怀恋并追求的。

《柳林风声》是美国总统老罗斯福先生连读三遍、爱不释手的文学名著，2003 年英国 BBC 大阅读（BBC Big Read Top21）上榜图书，被权威杂志《逻各斯》评为"一个世纪来改变人们思维和生活方式"的名作，被英国书店巨人 Waterstone's 誉为"最能代表二十世纪的一百本书"之一！

知识梳理

对比文中出现的段落，感受不同的用词方式。

1. 河鼠划着船离开了河的主干流，来到了一个看似被陆地环绕的小湖。平静的湖里闪现着<u>像蛇一样蜿蜒的</u>老树根，河岸两边<u>青草茂盛</u>。在他们俩的前方是一座矮坝，旁边立着一个水车车轮，<u>正吱吱呀呀地</u>转着，挨着水车车轮的是一座灰色的尖顶磨坊，磨坊里传出<u>单调而沉闷</u>的嗡嗡声，令人<u>昏昏欲睡</u>，只有偶尔传来的几声鸟叫才能打破这沉闷的气氛。不过，眼前的画卷还是让鼹鼠觉得<u>心旷神怡</u>，他一边兴奋得

<u>手舞足蹈</u>,一边<u>喘着气</u>大声喊道:"真是有意思啊!"

2. 鼹鼠加快脚步,<u>故作轻松</u>地安慰自己,可能是看花了眼吧。他经过下一个洞口时,再一个,又一个……没错,没错!确实有一张<u>消瘦</u>的三角脸,瞪着两颗<u>冷冷</u>的眼珠子,在一个个洞口中一闪而过。鼹鼠害怕了,他<u>踌躇</u>了一下,然后鼓起勇气,继续大步向前。突然间,<u>远远近近</u>数百个洞口,每个洞口都有一张脸,都是这样<u>突兀冒出</u>又<u>倏然不见</u>。所有的目光都让鼹鼠感觉到<u>恶毒</u>的敌意。

3. 现在,<u>所有</u>的是非观念和法律意识,<u>统统</u>被抛到了<u>九霄云外</u>。他狂踩油门,加快车速,在大马路上<u>风驰电掣</u>般地奔跑着。过了一会儿,当他开车穿过街道,奔走在田野的小径上时,他觉得自己是只<u>卓越无比</u>、<u>聪明绝顶</u>的蛤蟆,是这条荒凉小径的上帝。现在不管是谁都不能挡着他的路,否则将会被他撞个<u>粉身碎骨</u>。

4. 河鼠依旧<u>不慌不忙</u>、意志坚定地向前走,这下子把鼹鼠惊呆了。他赶紧伸出双手抓住了河鼠然后<u>奋力</u>地把他拖进了屋子。河鼠拼命<u>挣</u>扎了一阵,最后力气<u>消失殆尽</u>了,鼹鼠才把他扶到了椅子上。河鼠瘫<u>坐</u>在椅子上,<u>缩成了一团</u>。鼹鼠什么都没有说,<u>安静地陪伴</u>在自己的伙伴左右。渐渐地,河鼠陷入了<u>不安</u>的浅睡,睡梦中不断地被惊悸打断。

5. 四个好汉<u>闪展腾挪</u>,这在早已<u>魂飞魄散</u>的敌人眼里,就像满屋子都是灰、黑、褐、黄的庞大动物。敌人在惊异中

<u>溃散奔逃</u>，有的跳了窗子，有的爬向烟囱，总之，被四个好汉打得<u>落花流水</u>、<u>屁滚尿流</u>。战斗没多久就结束了。四个朋友绕着整座厅堂大步走着，抡着棍棒朝每颗冒出脑袋的动物重重打去，没过几分钟，宴会厅里的坏蛋们就被收拾得<u>干干净净</u>了！

我问你答

1. 你知道这部童话故事主要围绕哪几个动物展开吗？其中，你最喜欢的动物是谁？他能让你联想到自己的一个好朋友吗？

2. 在这部童话著作中，有许多扣人心弦的小故事。其中，你对哪个小故事最感兴趣？请用自己的话写个故事梗概，并简单说说你喜欢的理由。

3. 认真读书的你，一定知道蛤蟆为什么会被关进监狱，以及后来他是怎样逃出监狱的吧？那么，请你简单的说一说，好么？

4. 班级创建图书角，需要同学们推荐经典名著。如果老师请你把这部童话推荐给你的小伙伴们，你会怎样写呢？

图书在版编目（CIP）数据

柳林风声/（英）格雷厄姆(Grahame,K.)著；林清改写. --南京：南京大学出版社，2013.5(2019.2重印)

（新课标经典名著：学生版）

ISBN 978-7-305-11511-0

Ⅰ．①柳… Ⅱ．①格…②林… Ⅲ．①童话—英国—现代—缩写 Ⅳ．①I561.88

中国版本图书馆 CIP 数据核字(2013)第 110402 号

出版发行　南京大学出版社
社　　址　南京市汉口路 22 号　　邮　编　210093
出 版 人　金鑫荣

丛 书 名　新课标经典名著·学生版
书　　名　柳林风声
著　　者　（英）肯尼斯·格雷厄姆
改　　写　林　清
责任编辑　蔡冬青

照　　排　南京理工大学资产经营有限公司
印　　刷　天津中印联印务有限公司
开　　本　880×1230　1/32　印张 6.375　字数 116 千
版　　次　2013 年 5 月第 1 版　2019 年 2 月第 7 次印刷
ISBN　978-7-305-11511-0
定　　价　20.00 元

网　　址：http://www.njupco.com
官方微博：http://weibo.com/njupco
官方微信：njupress
销售咨询：（025）83594756

* 版权所有，侵权必究
* 凡购买南大版图书，如有印装质量问题，请与所购
　图书销售部门联系调换